浦城县政协文教卫体和文史资料委员会
浦城文史资料第30辑

U0820849

浦城诗词读本

PUCHENG SHICI DUBEN

余奎元
甘跃华 ◎主编

下册

浦城诗词读本

海峡出版发行集团 | 福建人民出版社
THE STRAITS PUBLISHING & DISTRIBUTING GROUP | FUJIAN PEOPLE'S PUBLISHING HOUSE

目录
CONTENTS

【183】

野宿距浦城三十里

施闰章

归心厌客程，残照促舟行。
滩暝①露将白，山回月乍明。
烧榛②防虎穴，听水失鸡声。
世路难安枕，非关羁旅③情。

作者简介 Zuozhe Jianjie

施闰章（1618—1683），字尚白，号愚山，又号蠖斋，安徽宣城人。清顺治六年（1649）进士。与山东莱阳人宋琬齐名，号称“南施北宋”。

题解 TiJie

此为作者回乡时，离浦城县城还有30里时，天色已晚，停泊野宿时所作的诗。野宿，指的是在野外过夜。

注释 ZhuShi

① 暝（míng）：日暮，夜晚。
② 榛（zhēn）：植物名，落叶灌木或小乔木。
③ 羁（jī）旅：作客在外，指在外作客的人。

【184】

自马岚行抵石陂宿四首之一

褚廷璋

塔岭①衮沿竹树森，堵坡遗址渺②难寻。
风传泻壑③潺潺④水，犹认当时钟磬⑤音。

作者简介

褚廷璋（？—1797），清代学者。字左莪，号筠心，长洲（今江苏苏州）人。乾隆二十八年（1763）进士。著有《西域图志》《筠心书屋诗钞》等。

题解

马岚，今属南平市建阳区，与浦城相邻。石陂，今浦城县石陂镇。作者从马岚出发，至浦城石陂住宿，吟诗描绘沿途景象。

注释

① 塔岭：在浦城县城南50公里，石陂镇葛墩东南和濠村乡蒋溪口交界处，海拔512米。山顶上，原来有塔，故名。
② 渺（miǎo）：时地远隔，模糊不清。
③ 壑（hè）：坑谷，深沟。
④ 潺（chán）潺：形容水流。
⑤ 钟磬：古代打击乐乐器。

【185】

拟真西山谒建阳祠

李光地

生于夫子[①]乡，髫龄[②]未负箧[③]。幸此昆仑渠，烂漫山溪浃[④]。
孟氏计所生，相望犹几叶。今我拜幽宫，高第响然接。
既茹琼玉英，花露岂足猎。同里两文公[⑤]，吾将安卒业？

作者简介 Zuozhe Jianjie

李光地(1624—1718)，字晋卿，号厚庵，福建泉州人。清康熙五年(1666)进士。官至文渊阁大学士。钻研程朱理学，是著名理学家。著有《性理精义》《朱子大全》《四书解》等。

题解 TiJie

西山，真德秀的号。此为诗体现了作者对真德秀的敬仰之情。

注释 ZhuShi

① 夫子：指朱熹。
② 髫（tiáo）龄：童年。
③ 负箧（qiè）：背书箧，意思是外出求学。
④ 浃（jiā）：湿透、遍及。
⑤ 两文公：指杨亿、真德秀。杨亿，谥号文，真德秀，谥号文忠，都是浦城长乐里（今仙阳）人。

【186】

点绛唇·归次浦城寄酬高云客

朱彝尊

几日衔杯①，回眸②咫尺榕③城阻。齐纨④垂露，不写离情苦。　　南浦桥边，总是销魂⑤树。山无数，涩⑥滩柔橹，惆怅归时路。

作者简介 Zuozhe Jianjie

朱彝尊（1629—1709），字锡鬯，号竹垞，浙江秀水（今嘉兴）人。曾参加纂修《明史》，精通经史，为清代文学家，能诗能文，为浙西词派创始者。诗与王士祯齐名，时称“南朱北王”。著有《历下旧闻》《曝书亭集》《经义考》等。

题　解 TiJie

点绛唇，词牌名。又名“南浦月”、“点樱桃等”。

注　释 ZhuShi

① 衔杯：喝酒。

② 眸（móu）：眼珠。

③ 榕城：福州的别称。

④ 纨（wán）：细绢，细致洁白的薄绸。这里是形容瀑布。

⑤ 销魂：为情所感，仿佛魂魄离散。

⑥ 涩（sè）：不通畅、不光滑。

【187】

梦笔山

潘耒

山有精英宿有芒①，天将彩笔与江郎。
名贤踵武②书堂在，禅宿潜鳞法雨③长。
遗像尚留蛛织户，残僧不见燕栖梁。
寒山④片石差堪语，枯木重华更几霜。

作者简介 Zuozhe Jianjie

潘耒（1646—1708），字次耕，又字稼堂，吴江（今属江苏）人。曾参与纂修《明史》。著有《类音》《遂初堂诗集》《遂初堂文集》《遂初堂别集》等。

题解 Tijie

见杨亿《留别》注释①。

注释 Zhushi

① 宿有芒：星宿发出光芒。
② 踵（zhǒng）武：循着前人的脚印走，比喻继承前人的事业。
③ 法雨：佛家谓佛法普及众生，如雨之润泽万物。
④ 寒山：冷落寂静的山。

【188】

柘浦岭行

张　浚

日夕苦于役，蓬茅借一椽。
风摇寒竹影，雨暗晚炊烟。
地僻人希至，更长夜不眠。
遣怀惟白堕①，难到醉乡边。

作者简介 Zuozhe Jianjie

张浚，字文哲，清朝人，生卒年不详。著作有《津逮集》。

题解 TiJie

柘浦，即浦城别称，作者描述经过浦城山岭时的心情。

注释 ZhuShi

① 白堕：指河东人刘白堕，善酿酒。后来作为酒的别称。

【189】

丘原午泊

卢 遂

残溜[1]声声水竹[2]西，荒村日午数鸡啼。
舟横[3]古渡无人处，一树野桃开碧溪[4]。

作者简介

卢遂，号霁渔，清侯官（今属福建福州市）人。清乾隆四十年（1775）进士。官至翰林编修。

题解

丘原，今属浦城县石陂镇梨岭村。泊，停船靠岸。此诗写的是作者在中午下船休息，听到的声音和看到的景色。

注释

① 溜（liù）：顺房檐滴下来的水，房顶流下来的水。这里是指毛竹叶片上滴下来的水。

② 水竹：即刁斗水竹。接引涧流入竹筒，待竹筒装满了水，倾倒间失去平衡；待水倾倒尽后，竹筒扣响低端竹后，纯自然扣响的刁斗，用以吓跑野猪，保护作物。

③ 横：跟水面平行的，与“竖”“直”相对。

④ 碧溪：绿色的溪。

【190】

赠柳霖

余其渊

曾向骑龙载鹤游①，多时梦上粤山楼②。
如今才识真名字，莫是当年柳柳州③。

作者简介 Zuozhe Jianjie

余其渊，清初人，生卒年不详。

题解 Tijie

柳霖，字正芳。曾居浦城仙楼山迎仙楼。此诗曾刻在仙楼山碧霞洞石壁上，现亡佚。

注释 Zhushi

① 曾向骑龙载鹤游：曾经向往骑着龙，载着鹤的美好游览。② 粤山楼：即浦城仙楼山迎仙楼。

③ 柳柳州：即柳宗元（773—819），唐文学家，哲学家。字子厚，河东解（今山西运城解州镇）人。因任过柳州刺史，又称柳柳州。

【191】

游西岩山

沈之倬

偶然出郭[1]行，轻飔[2]催远步。
照眼豆苗肥，禽言自作句。
因山刚得秋，大都有余趣。
片雨弄空光，孤云湿汀[3]树。
随意此往还，踏叶寻樵路[4]。

作者简介 Zuozhe Jianjie

沈之倬，字石云，浦城人。清顺治八年（1651）举人，曾任庆都县知县。著作有《蝶龛吟稿》。

题解 Tijie

见无名氏《白羊坟诗》。

注释 Zhushi

① 郭：城墙。
② 飔（sī）：凉风。
③ 汀：水中或水边的平地。
④ 樵（qiáo）路：砍柴的路。

【192】

游岩顶禅室

沈之倬

径绕松篁①翠接天，一庵聊住白云巅。
曾从仙掌携嘉荈②，故向禅林③问古泉。
隐隐梵钟④敲暮色，苍苍水木淡疏烟。
深山六月无炎暑，半榻清风几树蝉。

题解 TiJie

岩顶山，在浦城县富岭镇双田村北，为匡山的延伸，在此突起而名，其山形似纱帽，又名纱帽山，海拔868.4米，山顶空旷，约1000平方米。顶部有古井一口，水深一丈多。有石马槽，神仙床、跑马道等自然景观。明亡后，户部侍郎葛寅亮曾在此隐居，在白花岩顶，有岩顶净室（禅室），原名白马寺，又改圆通寺。

注释 ZhuShi

① 松篁（huáng）：松和竹。
② 嘉荈（chuǎn）：美好的晚茶。
③ 禅（chán）林：众僧聚居的寺院。
④ 梵（fàn）钟：佛寺中的钟。

【193】

盆亭岭

沈之倬

盆亭岭外信州路[1]，断续高峰远接天。
雨急溪声惊作大[2]，林深鸟语听能圆。
自怜踪迹全无定，入望云山尽可怜。
日暮欲投何处宿，隔桥人唤打渔船。

题 解 TiJie

盆亭岭，亦称盘亭岭，即泗洲岭，在浦城县城北42.5公里，盘亭乡盘江村东南，海拔465米，全长2.5公里，旧志称："有僧自泗上入闽，登此岭，见水车推磨，叹其机巧，人疑为泗洲和尚，因名。"岭畔刊有"泗洲"两字，民国期间废圮。

注 释 ZhuShi

① 信州路：信州，治所在今江西省上饶市，浦城盘亭与信州相邻。
② 作大：发出的响声越来越大。

【194】

登小武当山

李赞元

绝巘①千寻②几径回，搴③芳觅险独登台。
崖封薜草犹穿竹，雪满寒塘半落梅。
飞鸟午随鸣磬下，闲花时傍卧床开。
钟声欲动空山静，四面青峰入梦来。

作者简介 Zuozhe Jianjie

李赞元，原名立，字匡候。海阳（今属山东）人。清顺治十二年（1655）进士，官至兵部都督、左侍郎。

题解 Tijie

见刘子翚《金斗山望瀑布》。

注释 Zhushi

① 绝巘（yǎn）：高的山峰。
② 寻：古长度单位，八尺为寻。
③ 搴（qiān）：撩起，揭起。

【195】

过水阁

孙振豪

水阁人烟少，依稀三五家。
春风吹野烧，村女映生花。
草店无沽[①]酒，疏林有宿鸦。
夕阳古道上，万顷半桑麻[②]。

作者简介 Zuozhe Jianjie

孙振豪，字汝西，浦城人。清乾隆十八年（1753）举人，官至邵武县教谕。

题　解 Tijie

水阁，今属浦城县莲塘镇山桥村。过，从这儿到那儿。这里指的是路过。此诗写的是作者路过水阁时所看到的情景。

注　释 Zhushi

① 沽（gū）：卖酒者。
② 桑麻：指农作物。

【196】

梨岭

孙蕙

梨岭瑶花细细芬，精蓝[1]碑蚀冷斜曛[2]。
鹧鸪声里榕阴绿，剩有山僧扫白云。

作者简介 Zuozhe Jianjie

孙蕙，字树百，号泰岩。淄川（今山东淄博市西南）人。清顺治十八年（1661）进士，官至给事中，有《笠山诗选》。

题解 Tijie

见欧阳詹《题梨岭》。

注释 ZhuShi

① 精蓝：佛舍。
② 曛（xūn）：落日的余光。

【197】

留别翁白

魏宪

十载栖迟卧小楼，无端琴剑又东谋。
烟霞有主真传舍①，天地为庐不系舟②。
行酒竹中间听鹤，和歌花里恐惊鸥。
他时同寄相思句，浮石云边柘水③秋。

作者简介 Zuozhe Jianjie

魏宪，字惟度，清代福建福清人。遍游名山，喜爱浦城山水之胜，曾寓居浦10年，后移居建瓯。

题解 Tijie

见翁白《登恓惶岭》。

注释 ZhuShi

① 传舍：古代供来往行人居住的旅舍，客舍。
② 系舟：停靠船只。
③ 柘水：即南浦溪。

【198】

立春日舟行同徐胥原学博赋二首

吴　楷

一棹[1]迎新春，春在碧溪上。
舟中未见春，但见春水长。

入夜春风寒，滩声作雨响。
愿得春水暖，先暖木兰桨[2]。

作者简介 Zuozhe Jianjie

吴楷，字连端，浦城人，清乾隆四十四年（1779）举人，历任高安、南康、东乡县知县。

题解 TiJie

立春，二十四节气的第一个节气。徐胥原，任永安县训导，晋江县教谕等，此诗是作者与徐胥原在立春日游览南浦溪的观感。

注释 ZhuShi

① 棹（zhào）：摇船的工具，也指船。
② 木兰桨：用木兰树造的桨。

【199】

游万叶寺瀑布

朱麟书

瀑布①天下闻，悬空作奇态。
粉披璎珞②垂，扑落珠玑③碎。

作者简介 Zuozhe Jianjie

朱麟书：字乾文，清代浦城人。

题解 Tijie

万叶寺，旧名溪峰寺，唐昭宗赐名万叶寺。在浦城仙阳镇渔梁。

注释 Zhushi

① 瀑布：从山崖上直流下来像悬挂着的布匹似的水。旧志称此瀑布“居天下第三”。

② 璎珞（yīng luò）：贯串珠而制成的装饰品。

③ 珠玑（jī）：即珠宝。

【200】

鼠滩在九石山下

查慎行

五行纪异古垂戒，衔尾渡江占鼠怪。
从来一穴可沉舟，为祸于人岂在大。
张汤虽酷未尽除[1]，我今方嫌汉网疏。
致令此辈繁有徒，诡托黠[2]状生江湖。
安得秦时鞭石法[3]，驱使浮沉逐鹅鸭。
太仓[4]溷厕[5]从渠[6]偷，切莫饮水污清流。

作者简介 Zuozhe Jianjie

查慎行（1650—1727），字悔余，号初白，原名嗣琏，字夏重，海宁（今属浙江）人。为清代著名诗人，著有《敬业堂诗集》等。

题 解 Tijie

鼠滩在浦城观前九石山下。山中有一石高耸溪边，高20余米，形似欲跳老鼠。其下有深潭，名为老鼠潭。相传潭中有一个千年老鼠精，早年船工撑船经过老鼠潭时，要扔下一两袋米，作为买路钱，否则老鼠精会兴风作浪，将船打翻。此事被上游天后宫的妈祖知道后，上天奏明玉皇大帝，玉皇大帝派雷神把这只老鼠精下巴劈了，无法进食，船工经此也不用交“买路钱”了。据传现在潭边的老鼠嘴巴一半是雷劈掉的。

注 释 zhushi

① 张汤虽酷未尽除：张汤（前？—前115），西汉杜陵（今陕西西安市东南）人，汉武帝时任廷尉、御史大夫等职。主办许多重大案件，用法严峻。还有一个“张汤审鼠”的典故。张汤儿时看家，老鼠盗肉，他的父亲很愤怒，以为是张汤偷吃了，所以打他。张汤掘窟熏鼠得到老鼠和余肉，将鼠拷问，并写罪状，将老鼠分尸。他父亲看见其所写状书，如老狱吏所作。

② 黠（xiá）：狡猾。

③ 秦时鞭石法：传说秦始皇作石桥，想渡海看日出处，这时有神人驱赶石头下海，但是石头速度不快，神人就用鞭子打石头，石头都流血，石头才快速行走。

④ 太仓：国库粮仓。

⑤ 溷（hùn）厕：猪圈、厕所。

⑥ 渠：他。

【201】

赠吴云士都督

查慎行

昔曾夸李牧①，今始识嫖姚②。
况复研坟典③，非惟谙④略韬⑤。
时清闲战甲，日暖晒征袍。
望重人俱仰，威名挂斗杓⑥。

题 解 TiJie

吴郡，字云士。祖籍凤阳人。李自成攻入京师，其父及家属七人同日殉难，吴郡当时年8岁，同老仆逃到福建浦城，而后从军。清康熙二十二年（1683），随靖海将军施琅攻取澎湖，因有战功，加左都督衔，补授山西大同镇标游击，康熙四十七年，授浙江定海镇总兵。次年，闽省告饥，半月间，与子兴业，运漕粮5万石，赈济漳、泉，旋署松江提督。后在浙江水师提督任上去世。

注 释 ZhuShi

① 李牧（？—前228）：战国末年赵国名将。长期防守赵国的北边，很得军心。赵王迁三年（公元前233），率军向秦国反攻，在肥（今河北晋县西）大败秦军，因功封武安君，后因赵王中秦国反间计，被杀死。

② 嫖（piáo）姚：漂姚，原一般指汉名将霍去病，此处形容勇键的样子。

③ 坟典：“三坟五典”的简称，泛指古书。

④ 谙（ān）：熟记、熟悉。

⑤ 略韬（tāo）：《六韬》《三略》是古代的兵书，后因称用兵的谋略。

⑥ 斗杓（biāo）：又称斗柄，即北斗七星中玉衡、开阳、摇光三星。

【202】

渔梁晚望

朱昆田

风卷浓云送雨还，阴崖豚栅[①]已先关。
行人歇马渔梁店，斜日尚留山外山。

作者简介 Zuozhe Jianjie

朱昆田（1652—1699），字西畯，一字文益。秀水（今浙江嘉兴市）人。擅长写诗，著有《笛渔小稿》。

题解 Tijie

见蔡襄《宿渔梁》。

注释 Zhushi

① 豚栅（tún zhà）：豚，同墩；栅，栅栏。

【203】

旧馆

陈万策

浦城南界接瓯宁[1]，路转山阿[2]水转汀。
岸际人烟喧小市，山头树影蔽高陉[3]。
捣衣节响千家杵[4]，应律秋生一叶[5]蓂。
连日云阴浑不散，萧疏夜雨隔篷[6]听。

作者简介 Zuozhe Jianjie

陈万策（1667—1734），字对初，安溪（今属福建）人。后迁居晋江。清康熙五十七年（1718）进士。著有《近道斋文集》六卷，《诗集》四卷。

题解 TiJie

旧馆，今属浦城县石陂镇，在县城东南55公里，海拔180米。在公路未通之前，为浦城至南平、福州水运必经之地，设有码头，旧时，此处饭馆、旅馆、烟馆、妓馆罗列街市，因名旧馆。

注释 ZhuShi

① 浦城南界接瓯宁：瓯宁，今建瓯市。浦城原与瓯宁交界，1913年3月，建安县与瓯宁县合并，改名建瓯县。1940年6月，析出建瓯县部分地方，设水吉县，与浦城交界，浦城不再与建瓯县接壤。
② 阿：曲折。

③ 陉（xíng）：山脉中断处。

④ 杵（chǔ）：捶衣的木槌。

⑤ 一叶：小船。

⑥ 篷：船篷。

【204】

观前

陈万策

秋潦[1]消时不任舟，还将小艇下滩流。
观前日暮微阴合，细雨轻抛水上沤[2]。

题解 TiJie

观前，今属浦城水北街镇。

注释 ZhuShi

① 潦（lǎo）：雨水大、积水。
② 沤（ōu）：水泡。

【205】

晓发大竿岭

黄 任

晓发初沉一半岚，千林淡薄乱峰衔。
溪声潏潏①鸡咿喔，知有人家眠翠岩。

作者简介 Zuozhe Jianjie

黄任（1683—1768），字莘田，又字于莘，号十砚老人。清永福（今福建永泰）人。清康熙四十一年（1702）举人，曾任广东四会县知县。著有《香草斋集》《秋江诗集》。

题 解 Tijie

大竿岭，仙霞岭六岭之一，属浦城，与浦城县北的枫岭相连。旧传，宋时植竿于岭上，因名大竿。北去有岭称小竿岭。

注 释 Zhushi

① 潏（yù）潏：形容水涌出的样子。

【206】

题枫岭僧寺壁

叶绍芳

岧峣[1]古刹[2]踞雄关，闽浙分疆咫尺[3]间。
二十八都[4]今夜梦，月明不是故乡山。

作者简介 Zuozhe Jianjie

叶绍芳，字际泰，清朝人。

题解 Tijie

见黄仲昭《枫岭》。

注释 ZhuShi

① 岧峣（tiáo yáo）：形容山高峻的样子。
② 刹（chà）：佛寺。
③ 咫尺：比喻距离很近。
④ 二十八都：今属浙江省江山市，与福建浦城相邻。

【207】

游天心寺

何 瀚

古寺怀秋倚[1]杖藜[2]，山村烟起午鸡啼。
凭栏瞥[3]见归舟路，南浦桥横第一溪。

作者简介

何瀚，字君济，清朝人，生卒年不详。

题 解

见詹禋《天心月华》。

注 释

① 倚：依赖、依靠。
② 杖藜（lí）：杖藜是一种植物名，此处指其茎所作的手杖。
③ 瞥（piē）：很快地大略看一下。

【208】

游绵山古佛洞

朱仁元

岩腹穹窿古洞尊，端严色相①俨然②存。
何人解听灵山③法，认取峰头不二门④。

作者简介 Zuozhe Jianjie

朱仁元，字日永，清代浦城人。

题 解 Tijie

绵山在浦城永兴境内，古佛洞不在绵山，应在腾云尖，为仙阳镇百丈村与古楼乡前排村的界山，海拔1470.7米。尖峰矗立，春夏两季，云雾缭绕，故名。

注 释 Zhushi

① 色相：佛教名词。指一切事物的形状外貌。

② 俨（yǎn）然：形容庄严的样子。

③ 灵山：佛家称灵鹫山为灵山。在古印度摩揭陀国王舍城的东北，世尊在灵山会上拈花示众，释迦牟尼讲《法华经·无量佛经》。

④ 不二门：为“不二法门”的略语。不二，指不是两极端；法门，修行入道的门径。原为佛家语，意思是直接入道，不可言传的法门。

【209】

游石龙山石壁

朱仁元

坐有盘陀①饮有泉，天成石室好安禅。
不知挂笠巢云者②，肯住山中几十年？

题 解 | TiJie

见赵抃《登石龙山》。

注 释 | ZhuShi

① 盘陀：形容石不平的样子。

② 巢云者：指隐居不当官的人。

【210】

闽学源流诗十首之一

张学举

堂堂[1]真直院，抗疏动朝端。
长身而广颡[2]，所至人聚观。
奸相嫉儒术，君侧宁久安。
中外剔[3]弊政，匡时力已殚[4]。
晚著《读书记》[5]，恳恳勤铅丹[6]。
斯文[7]日澌[8]灭，浦城回其澜[9]。

作者简介 Zuozhe Jianjie

张学举，清朝人，生卒年不详。

题解 Tijie

这是一组诗，共有十首，其中此首专门阐述浦城真德秀的政绩及对闽学的突出贡献。

注释 Zhushi

① 堂堂：形容盛大的样子。
② 颡（sāng）：额。
③ 剔（tì）：把不好的东西排出来，剔除。

④ 殚（dān）：竭尽。

⑤《读书记》：真德秀的著作之一。

⑥ 铅丹：校勘文字所用的铅粉和朱砂。

⑦ 斯文：古代的礼乐制度。

⑧ 澌（sī）：尽。

⑨ 回其澜（lán）：澜，大波，这里比喻险恶的局势。回其澜，比喻挽回险恶的局势。

【211】

移家柘浦

张 彬

孤舟远度万峰遥，聊作躬耕半学樵。
三载齐名空挟瑟，一朝吴市罢吹箫①。
蒹葭②人散西江月，杨柳家居南浦桥。
愁见东山犹不起，碧云秋水怨迢迢③。

作者简介 Zuozhe Jianjie

张彬，字文园，清朝人，生卒年不详。

题 解 Tijie

柘浦，即浦城，此诗写作者迁移到浦城时的复杂心情。

注 释 ZhuShi

① 三载齐名空挟瑟，一朝吴市罢吹箫：“挟瑟”南朝沈约《古意约》有“挟瑟从台下”是说一位女子带着叫瑟的乐器来到从台下边。此诗意是说此女子忧愁痛苦。吴市吹箫是指春秋时期的伍子胥在吴市吹箫乞讨之事。后指流浪漂泊，生活困顿。“三载齐名空挟瑟，一朝吴市罢吹箫”总的意思是作者过的是漂泊困苦的生活。

② 蒹葭（jiān jiā）：不值钱的水草，比喻微贱。

③ 迢（tiáo）迢：遥远。

【212】

登南浦城楼

仲绍宗

千层雉堞[1]郁嵯峨[2]，云海茫茫感慨多。
百粤关山横地出，半江风月晚潮过。
感时蟋蟀吟秋草，吊古文章爱绿波。
半壁东南凭锁钥，遗民还说旧干戈[3]。

作者简介 Zuozhe Jianjie

仲绍宗，清朝人。

题解 Tijie

城楼，指城墙上的门楼。是我国古代城市的一种防御建筑，城楼之间城墙相连，既有军事防御作用，又有城市防洪功能，形成古城一道坚固的屏障。南浦城楼，是浦城县城城墙城楼之一，在县城南，面临南浦溪。此为作者登上城楼所发生的感慨。

注释 Zhushi

① 雉堞（zhì dié）：城墙上排列如齿状的矮墙，起掩护作用。
② 嵯峨：形容高峻的样子。
③ 干戈：干和戈是古代常用的兵器，引申为战争。

【213】

柘浦山行

陈子威

轻舟晓到柘城边，南浦桥西一整鞭。
鸥梦尚悬溪上月，马蹄已踏岭头烟。
岩垂藤影全侵涧①，云卷峰尖半入天。
几处东风啼杜宇②，声声咽下百重泉。

作者简介 Zuozhe Jianjie

陈子威，字其畏，清朝人。

题解 TiJie

柘浦为浦城的别称。此诗写的是作者坐船到浦城后，骑马行走在山岭间，沿途所看到的景象。

注释 ZhuShi

① 侵涧：围向溪涧。

② 杜宇：杜鹃鸟的别称。

【214】

新夏过万叶寺

唐宏度

几欲来方丈①，军书不许闲。
夏凉梅弹熟，雨足石衣斑②。
琴韵调流水，猿声啸暮山。
一鞭回首处，人在数峰湾。

作者简介 Zuozhe Jianjie

唐宏度，清朝人，生卒年不详。

题解 Tijie

见曾丰《题南浦万乘（叶）寺瀑布》。

注释 Zhushi

① 方丈：指禅寺的长老或住持居住之处，后用为一般寺院内主持者的称呼。

② 石衣斑：石上长出斑驳的地衣。

【215】

雨中社集仙楼

夏尚忠

纵目[1]溪山旧，凭栏鸟语新。
何堪悲聚散，聊复慰疏亲。
树挂三春[2]雨，尘埋万里身。
衔杯仙观里，愁绝未归人。

作者简介 Zuozhe Jianjie

夏尚忠，字禹臣，清朝人，生卒年不详。

题解 TiJie

社，古代指土地神和祭祀土地神的地方、日子以及祭礼。也包含有一群朋友结伴的意思。社集，指的是众多朋友相聚。仙楼，指浦城县仙楼山。此诗记叙春雨中，作者和朋友们在仙楼山仙楼聚会的景况及作者的心情。

注释 ZhuShi

① 纵目：放眼远望。
② 三春：即春天。

【216】

碧霞洞石刻

杜 琮

宦迹依山树，幽思①寄碧霞。
薜萝霜径滑，烟火客情赊②。
日影筛光细，云泉拗石斜。
道人何处是，古洞有梅花。

作者简介 Zuozhe Jianjie

杜琮，清朝人，生卒年不详。

题 解 TiJie

碧霞洞在浦城城东仙楼山上。洞额刻有“碧霞”字。洞旁石壁刻“三十七洞天”字。

注 释 ZhuShi

① 幽（yōu）思：深思，蕴藏着的思想感情。
② 赊：长、远。

【217】

赴任入郡南浦舟中作

庞垲

清晨发南浦，宿雨水增波。高滩放舟下，矢发不可睋[1]。
伏牛与卧虎[2]，齿齿横嵯峨。秋毫误审视，一触将如何。
捩[3]舵捷有神，篙工巧力多。忠信夙[4]所安，流俗每善讹。
风浪无病涉，谈笑有干戈。人险斯足畏，天险语则那。

作者简介 Zuozhe Jianjie

庞垲，字霁公，号雪崖，河北任丘人。清代康熙举人，康熙十八年（1679）中博学鸿儒词。曾任建宁知府。著有《丛碧山房集》五十七卷。

题解 TiJie

赴任，指官吏到某地担任职务。此诗为作者从浦城出发，坐船到建宁（治所在今建瓯）任知府时所作。全篇写行舟之险，赞篙工之巧。

注 释 ZhuShi

① 睋（é）：审视。

② 伏牛与卧虎：溪上的礁石名。

③ 捩（liè）：扭转。

④ 夙（sù）：素常、平常。

【218】

赠上岚逸亭老人陈君千

庞垲

逸竹老人喜种竹，千竿万竿绕茆屋[1]。
行年八十不入城，朝拥竹吟暮竹宿。

题解 TiJie

上岚，在浦城县城西，今属南浦街道民主村。

注释 ZhuShi

① 茆（máo）屋：茆，茅草；茆屋，茅屋。

【219】

和巾帽山居诗，步雨三先生原韵

丹　山

巾帽山头路几弯，重重远岫[1]抱而环。
肇基[2]此地休嫌窄，万里烟霞[3]一望间。

屋傍东山宿鸟喧，是非不入水常甘。
栖身漫说茅庐小，极目须知眼界宽。

作者简介 Zuozhe Jianjie

丹山，清代浦城人，生卒年不详。

题　解 Tijie

巾帽山，在浦城县城东15公里，富岭镇小密村东。山形端重方平，形为巾帽，因名。在小密村之东，又称东山。海拔910米。明朝季姓在其山腰建村，村屋沿山坡建筑，如阶梯状。山坡有一巨石，形似水牛，称为“牛石”。此诗是作者与雨三的和韵。雨三即季霖，雨三是他的号。浦城人。

注　释 Zhushi

① 岫：峰峦。
② 肇（zhào）基：开始建立基础。
③ 烟霞：云雾。

【220】

雪夜感怀

孙大成

更深灯火夜萧然①，草阁钟声人独眠。
寒雪光分千嶂月，石桥横锁一溪烟。
已将斗酒破残腊②，欲看梅花待隔年。
愧我飘零③仍梗泛④，愁思肯复向谁怜。

作者简介 Zuozhe Jianjie

孙大成，字师孔，号时庵，浦城人。曾任浙江于潜县知县。著有《怡颜亭集》。

题 解 TiJie

此诗是作者在雪夜中抒发自己对人生的感怀。

注 释 ZhuShi

① 萧然：冷清的样子。
② 残腊：腊月的最后几天。
③ 飘零：漂泊，流落无依。
④ 梗（gěng）泛：水面落叶飘荡无定止。

【221】

梦笔山

赵国麟

偶寻遗迹到前川，负郭溪山雨后妍①。
贴圃②菜花金布地，当门松色翠参天。
浮生③有梦花如泡，嗜古无才笔似椽。
文苑漫成天女④室，应教昙⑤蕊散云编。

作者简介 Zuozhe Jianjie

赵国麟，字仁圃，泰安（今属山东）人。清康熙四十八年（1709）进士。著有《文统类编》《学庸因知录》《与点集》《云月砚轩藏稿》。

题　解 Tijie

见杨亿《留别》注释①。

注　释 Zhushi

① 妍（yán）：美丽。
② 圃（pǔ）：种植蔬菜、花果或苗木的绿地。
③ 浮生：庄子以人生在世，虚浮无定，后来相沿称人生为浮生。
④ 天女：天上的神女。
⑤ 昙（tán）：云彩密布，多云。

【222】

仙楼纪胜

张如玉

一径沿缘上，楼台到眼明。
苔痕随石转，岗势入云平。
盘薄[1]途疑阻，纡回[2]境屡更。
神仙如可学，此地好蓬瀛[3]。

作者简介 Zuozhe Jianjie

张如玉，女，清代浦城人，生卒年不详，著有《暗香琴言》。

题解 Tijie

见徐麟藻《仙林怀古》。

注释 Zhushi

① 盘薄：沿山势盘旋而上。
② 纡回：弯曲、绕弯。
③ 蓬瀛（yíng）：蓬莱和瀛州，传说中仙山名，后来泛指想象中的仙境。

【223】

游石龙山百花岩

林其英

我试问山灵①，千岩谁是主。
尽日②立东风，百花无一语。

作者简介 Zuozhe Jianjie

林其英，字舜宾，浦城人。清康熙五十九年（1720）举人。

题　解 TiJie

见赵抃《登石龙山》。

注　释 ZhuShi

① 山灵：山神。
② 尽日：一整天。

【224】

登仙霞岭

鲁曾煜

东南谁辟此蚕丛①，汉武楼船②首纪功。
设险犹存百战后，当关只在一夫雄。
何年碑碣埋残霭③，落日楼台起大风。
怀古不胜行役志，共怜客路在其中。

作者简介 Zuozhe Jianjie

鲁曾煜，字启人，号秋塍，会稽（今浙江绍兴市）人。清康熙六十年（1721）进士。著有《秋塍文钞》。

题解 TiJie

见刘克庄《浦城道中》。

注释 ZhuShi

① 蚕丛：喻指蜀地，泛指崎岖不易行走的路。
② 汉武楼船：元鼎六年（前111），汉武帝命楼船将军杨仆进攻东越王。
③ 霭（ǎi）：云气。

【225】

元日书院见梅花

林咏春

长廊深院倚山阿，放眼春光遍万家。
不信直翁①诗句在，枝头真见状元花。

作者简介 Zuozhe Jianjie

林咏春，字啸台，清代浦城人。

题解 Tijie

元日，指农历正月初一，即春节。王安石写有一首《元日》诗："爆竹声中一岁除，春风送暖入屠苏。千门万户曈曈日，总把新桃换旧符。"宋咸淳《临安志》载，徐清叟《净明院和御制诗》有"冲冻细寻梅信息，枝头喜见状元花"诗句。

注释 Zhushi

① 直翁：徐清叟，字直翁。

【226】

约翁云三仰素游横山

邓景嵩

讨胜寻芳兴不孤，杖头钱尽典衣沽①。
来朝②相约看山去，为问桃花③酢④得无？

作者简介 Zuozhe Jianjie

邓景嵩，字维瞻，清代浦城人。

题　解 Tijie

横山，在浦城县北。横亘如屏，因而得名。

注　释 Zhushi

① 典衣沽：把衣服拿去典当了换酒喝。
② 来朝：朝，早晨，日。来朝，第二天。
③ 桃花：酒名。
④ 酢（zuò）：酬酢，以酒相敬。

【227】

经黄檗山下

潘 渊

江令遗踪①不可攀，阴溪阳岫尚弯环。
苦吟欲订图经②误，此是吴兴饭颗山③。

作者简介 Zuozhe Jianjie

潘渊，字秋涛，清代浦城人。

题 解 Tijie

黄檗山，又名黄柏山，在浦城县西北17.5公里，为永兴、古楼、仙阳、莲塘、四乡镇的界山。南朝江淹有《游黄檗山》。

注 释 Zhushi

① 江令遗踪：江令，指南朝江淹，曾任吴兴（今浦城）县令，游过此山，作有《游黄檗山》诗。
② 图经：属地理志一类的书籍，文字外附有地图。
③ 吴兴饭颗山：吴兴，浦城在三国吴时称吴兴。饭颗山，相传为唐代长安附近一座山名，杜甫曾在此活动。

【228】

杨文庄公书堂

邱春乔

涤笔冰瓯雪碗中[①]，十联犹记御屏风[②]。

当时未续生花梦，也傍孤山半亩宫[③]。

作者简介 Zuozhe Jianjie

邱春乔，字参亭，清朝人。生卒年不详，著作有《花笑园草》。

题解 TiJie

杨徽之，谥文庄。杨文庄公书堂，在浦城县梦笔山。

注释 ZhuShi

① 涤（dí）笔冰瓯雪碗中：宋代僧人文莹曾说，杨徽之“必以天水皓露，涤笔于冰瓯雪碗中，方与公诗神骨相副”。

② 十联犹记御屏风：宋太宗对杨徽之的诗作，很是称赞，精选杨徽之诗集中的十首诗写在御屏风上。

③ 也傍孤山半亩宫：梦笔山原名孤山，在梦笔山东建有杨文庄读书堂。

【229】

雨中过临江岭两首

玉 德

登临数里入云烟，翠竹苍松一径穿。
节届严冬寒不觉，阳春有脚①到南天。

微微细雨降残冬，麦豆春花一望浓。
造物无私南国早，星回日短应黄钟②。

作者简介 Zuozhe Jianjie

玉德，字达斋，清代人。

题 解 TiJie

临江，在浦城县城南23公里。据传，永兴和山下溪汇合，曾经过麒麟山，到水尾丘、旮旯隈汇入南浦溪，因名麟江。后来河流改道，从村中经过，流到观前与南浦溪汇合，村民架桥横跨东西两岸，房屋沿溪两岸建造，而名临江。今为临江镇驻地。

注 释 ZhuShi

① 阳春有脚：阳春，温暖的春天。阳春有脚，比喻给人带来温暖。
② 黄钟：古乐十二律之第一律，声调最宏大响亮。

【230】

仙阳谒镇安庙

来谦鸣

仙阳祠宇拜文公，惠沛甘霖①补化工②。
我亦浙人来守土，勤民微意藉相通。

作者简介 Zuozhe Jianjie

来谦鸣，字声吉，清代人。

题解 Tijie

镇安庙，在浦城仙阳镇，祭祀唐代仙阳尉文昭。文昭，字克明，浙江衢州人。唐乾符中，为仙阳尉，当时仙阳地旷人稀，文昭勤政爱民，老百姓争相来此居住，遂成大镇。后人立庙祭祀他。

注释 ZhuShi

① 甘霖：甘雨，甜美的雨。
② 化工：天工，自然创造或生长万物的功能。

【231】

客读甲寅以来闽事

叶舒颍

原注：耿藩遣曾养性、黄国瑞至台，约合兵。已报书矣，忽背约。郑部将袭破泉州、汀、漳及江右诸郡，耿撤仙霞戍军移御之。

泛海传书①誓合兵，尔虞我诈②忽寒盟③。
纷纷穴斗泉漳急，已报王师过浦城。

作者简介

叶舒颍，字学山。清初人，生卒年不详。

题解

耿藩，指耿精忠（？—1682），清汉军正黄旗人。清康熙时为靖南王。康熙十三年（1674），在福建起兵响应吴三桂叛乱，两年后又降清，被召入京，于三藩叛乱平定后被处死。

注释

① 泛海传书：渡海送达书信。
② 尔虞（yú）我诈：尔，你；虞，诈、欺骗。彼此猜疑，互相欺骗。
③ 寒盟：人忘了誓言，背弃盟约。

【232】

仙楼

许廷鑅

驰望良已劳，出门始值暇。委蛇[①]折而北，渐觉尘嚣谢。
延睇[②]袭浓阴，岚光似相迓[③]。野径已无花，泉声远闻泻。
仰陟经履顿，宛宛平桥跨。须臾[④]入洞门，逼仄[⑤]象穿罅[⑥]。
到来见庄严，台殿开五架。历级及上层，小憩期所藉。
虽非丹阁胜，亦足号精舍。槛外罗群峰，历乱青相亚。
山色尚多变，浮生讵常假。兹楼空自名，仙迹久知化。
凭衿聊自娱，何必凌太华[⑦]。

作者简介 Zuozhe Jianjie

许廷鑅，字子逊，长洲（今江苏苏州市）人。清康熙举人，曾任武平县知县。著有《竹素园诗钞》。

题解 Tijie

见徐麟藻《仙林怀古》。

注 释 Zhushi

① 委蛇：曲折前进。

② 睇（dì）：斜视，流盼。

③ 迓（yà）：迎接。

④ 须臾：片刻。

⑤ 逼仄：狭窄。

⑥ 罅（xià）：瓦器的裂缝。引申为器物的缝隙。又引申为漏洞。

⑦ 太华：即华山。

【233】

浦城待舟三日

许廷鑅

失路[1]已如此，艰辛尚未休。
入山偏遇雨，下水不逢舟。
谯鼓江城漏，寒蛩[2]古驿秋。
离忧方满腹，又见月当头。

题 解 TiJie

待舟，就是指等待船只。作者遇雨，又没找到船，在浦城等候了三天。诗中写出了作者在等待中焦灼的心情。

注 释 ZhuShi

① 失路：不能按时承接着的行程。

② 蛩（qióng）：蟋蟀。

【234】

题南浦桥

许廷鑅

百尺长桥驾彩虹，松溪南下路常通。
无边风月佳山水，尽入江郎一赋中①。

题解 TiJie

见董其昌《同友人过南浦桥》。

注释 ZhuShi

① 尽入江郎一赋中：南朝江淹《别赋》有“送君南浦，伤如之何”句。

【235】

度梨岭

钱纫蕙

迢递[1]逾梨岭，肩舆[2]胜驽骖[3]。
雄关限闽越，幽境极东南。
地煖常多雨，云开忽作岚。
乡闾[4]望不报，聊复上岩龛[5]。

作者简介 Zuozhe Jianjie

钱纫蕙，清代武平县令许廷鑅的妻子，生卒年不详。

题解 TiJie

见欧阳詹《题梨岭》。

注释 ZhuShi

① 迢递：形容远、高的样子。
② 肩舆：轿子。
③ 驽骖（nú cān）：能力低下的马驾驶的车。
④ 乡闾（lǘ）：家乡。
⑤ 岩龛（kān）：供奉佛像或神像的石室。

【236】

雨中至木城关

陈树著

木城虽僻远，此行良[①]不虚。十里渡七筏[②]，侧足径无余[③]。奇峰争绝壑，瞥[④]见心神舒。雨中恣[⑤]延赏，安惜衣裳濡[⑥]。恨不置平原，埋没成荒芜。为问故乡山，开凿今有无。俯想江令言，未必嫌归庐。

作者简介

陈树著，清代湘潭人，官至延建观察，生卒年不详。

题解

木城关，在浦城盘亭乡刘田村。

注释

① 良：实在。
② 渡七筏：七次乘竹筏过河。
③ 侧足径无余：即使侧着足板行走，路面还是没一点多余，极言道路逼狭。
④ 瞥（piē）：很快大略看一下。
⑤ 恣（zì）：无拘束。
⑥ 濡（rú）：沾湿。

【237】

清流船上观前

吴廷华

上水艰难千里多，柴枝米粒易消磨。
今朝到岸都欢喜，小武当山①一笑过。

作者简介 Zuozhe Jianjie

吴廷华，字中林，号东壁，钱塘（今浙江杭州）人。清康熙年间（1662—1722）举人，曾任兴化府通判。著有《三礼疑义》《曲台小录》《东壁书庄集》。

题解 Tijie

约在明末清初，福建与外省的交流水路，多以江西铅山等地作中转，经福建清流、光泽、崇安（今武夷山市）等地，下闽江水系。因为闽船的掌船多清流县人，所以航行在闽江上游各支流的小型船只，称为“清流船”。

注释 Zhushi

① 小武当山：即金斗山，与观前村隔溪相望。

【238】

浦城

杭世骏

晓听戛釜拔船行①，推挽三篷到浦城。
空有归心排日脚②，恨无好句写溪程。
银沙结岸宜宵月，红树蟠崖趁晚晴。
一领单裘③支④不得，北来风劲峭寒生。

作者简介

杭世骏（1696—1773），字大宗，号堇浦，仁和（今属浙江杭州市）人。博闻强记，精通经史。著有《道古堂诗文集》等多种。

题解

此诗是作者停泊浦城城区所作。面对浦城绿水青山，作者感到“恨无好句写溪程”；而面对浦城气候寒冷，作者又感到“一领单裘支不得”。

注释

① 晓听戛釜（jiá fǔ）拔船行：戛：敲击；釜，炊具。敲击炊具。这句指早上听到敲击炊具时开船。
② 日脚：穿过云隙下射的日光，引申为行程。
③ 裘（qiú）：皮衣。
④ 支：承受。

【239】

建溪舟行

杭世骏

曹村[1]一里碧螺旋，苦竹丛南旧泊船。
月与霜篷助颜色，伴他长夜照孤眠。

题解 TiJie

建溪，闽江北源。由南浦溪、崇阳溪、松溪到建瓯合流后称建溪。南流到南平市延平区与富屯溪、沙溪汇合为闽江。南浦溪为建溪上游。此诗为作者描写在曹村的景况。

注释 ZhuShi

① 曹村：今属浦城县水北街镇。

【240】

岭行杂诗

郑方坤

溪流曲曲作回纹，晴岫①遥堆擘②絮云③。
天下伤心数南浦④，君看春草软于裙⑤。

作者简介 Zuozhe Jianjie

郑方坤，字则厚，号荔乡，侯官（今福州）人。清代雍正元年（1723）进士，曾任兖州知府。博学有才华。著有《蔗尾诗集》《五代诗话》《全闽诗话》等。

题解 TiJie

《岭行杂诗》有四首，均描绘浦城山水。此诗为四首之一。

注释 ZhuShi

① 岫（xiù）：峰峦。
② 擘（bāi）：分开。
③ 絮（xù）云：像弹松的棉花一样的云。
④ 天下伤心数南浦：江淹在浦城作有《别赋》，有“送君南浦，伤如之何”，所以称“天下伤心数南浦”。
⑤ 君看春草软于裙：此句是作者联想江淹《别赋》的“春草碧色、春水渌波”句而演化而来。

【241】

渔梁道中

杜昌丁

料峭①东风昨夜催，一番花信②报春回。
飞将积雪连天冷，卷得寒云向晚开。
岩下冰澌③千尺瀑，日边香度几枝梅。
晴明莫漫④轻辜负，却笑频年冒雨来。

作者简介 Zuozhe Jianjie

杜昌丁，字和风，青浦（今属上海）人。曾任浦城县知事。后升为永春州知州。著作《松风诗草》。

题 解 TiJie

见蔡襄《宿渔梁》。

注 释 ZhuShi

① 料峭：形容春天的微寒。
② 花信：花期，传递新春信息的花。
③ 冰澌（sī）：流冰。
④ 漫：同“慢”，轻慢。

【242】

游梦笔山

杜昌丁

江令①风流尚有踪，待寻胜事②已难逢。
荒山谁续千秋梦，彩笔空题第一峰。
政绩未同春水逝，才名肯被白云封。
绿波碧草③年年在，南浦桥边想溯从④。

题解 Tijie

见杨亿《留别》注释①。

注释 Zhushi

① 江令：指江淹，江淹曾任吴兴（今浦城）县令。
② 胜事：热闹而令人愉快的大事。
③ 绿波碧草：江淹《别赋》有“春草碧色，春水渌波”句。
④ 溯（sù）从：溯历史源流而上跟随他。

【243】

绿波亭和韵

杜昌丁

面城结构一亭幽，千古无情水自流。
几曲滩声桥下度，百重苍翠镜中①浮。
云开不断青山恨，春去惟余碧草愁。
最是销魂迎送处，萧然②琴鹤冷于秋。

题 解 TiJie

绿波亭，在浦城县城南浦桥南，城墙下，南浦溪畔，取江淹“春水渌波”句为名。此为文人间的一首相互唱和的诗。

注 释 ZhuShi

① 镜中：谓南浦溪面清亮如镜。
② 萧然：清静冷落的样子。

【244】

望浮盖山

汪烜

锦障[1]南来列巨鳌，岭头常有并花桃[2]。
仙窝自古原非远，胜迹谁云不在高。
怪岫千层翻日影，孤松百尺起风涛。
三十六寺今何处？欲访浮生旧雉毛[3]。

作者简介

汪烜（xuān），清朝人，生卒年不详。

题解

见汪藻《登浮盖山》。

注释

① 锦障：喻指浮盖山近侧的起伏的连山。
② 岭头常有并花桃：原注：相传浮盖山上有千叶桃花，开皆并蒂。
③ 三十六寺今何处？欲访浮生旧雉毛：原注：“明季，有游山者寻三十六寺旧址，已得三十五处，俄而迷路。忽有老人手执雉尾向之乞食。其人曰：‘吾家尚远，今且迷路，若得至家，自当饭汝。’老者曰：‘迷路不远。’引之而行，遂得旧路。回顾老者，则已化雉飞去矣。”

【245】

铁笛旧隐

自注，今为道观。

黄日纪

铁笛山人旧隐居，林亭松竹尚萧疏①。
石门苔砌秋风冷，玉殿珠宫夜月虚。
出观钟声过雨后，湿衣岚翠乍晴初。
窅然②别是神仙界，日暮低徊兴有余。

作者简介 Zuozhe Jianjie

黄日纪，字协三，清朝人。

题 解 TiJie

铁笛旧隐，在浦城县城东仙楼山，即铁笛岩，因宋真人李陶真在此吹铁笛而得名。

注 释 ZhuShi

① 萧疏：萧条，疏落。
② 窅（yǎo）然：所见深远的样子。

【246】

平川南溪书院柳院莺歌

黄瀚亨

南溪柳院喜藏莺，巧弄①千般枝上鸣。
唱彻晚风催客韵，绿杨烟②里两三声。

作者简介 Zuozhe Jianjie

黄瀚亨（1703—1775），字天眷，号素斋，浦城人。

题解 Tijie

平川，浦城忠信镇的别称。南溪书院在忠信镇境内，旧有八景：东山宿雨、柳院莺歌、水亭鱼跃、石址风荷、月池垂钓、近寺钟声、竹坪秋月、西窗雪霁。柳院莺歌为八景之一。

注释 ZhuShi

① 弄：啼唱。
② 烟：雾气。

【247】

南溪书院竹坪秋月

黄泰锦

秋入南溪夜气清，当头皓魄①动幽情。
个中②闲韵无穷意，月影参差③满竹坪。

作者简介 Zuozhe Jianjie

黄泰锦（1700—1740），字成美，号学轩。太学生，授州同职。福建浦城人。

注释 ZhuShi

① 皓魄：明月。

② 个中：此中。

③ 参差：长短、高低不齐，不一致。

【248】

咏太姥山天香台

巫梦庚

登临递①及最高岗，上有坛台好炷香。
愿祷烽烟兵燹②靖③，万民安堵④谢穹苍⑤。

作者简介 Zuozhe Jianjie

巫梦庚，字西垣，清道光二十九年（1849）举人。保举教谕。教授于乡。

题　解 Tijie

太姥山，在浦城城区北25公里，忠信镇驻地西北。太姥山旧有十景：魏夫人修真处、徐渊先生读书处、天香台、纱帽岩、仙洞、酸岩、青白泉、七姑井、龙井、凤山。天香台为十景之一。

注　释 Zhushi

① 递：逐级上升。
② 兵燹（xiǎn）：战火。
③ 靖（jìng）：平定、安定。
④ 安堵（dǔ）：安居，不受骚扰。
⑤ 穹（qióng）苍：指苍天。

【249】

咏太姥山龙井

巫梦庚

嘘①气成云绕碧峰，应知是井有潜龙。
传闻灵异能兴雨，祈弭②魃灾③泽④及农。

题 解 TiJie

龙井为太姥山十景之一。

注 释 ZhuShi

① 嘘（xū）：呼，吐气。
② 祈弭（qí mǐ）：向神求祷消除。
③ 魃（bá）灾：魃，旱魃，古代传说中能造成旱灾的怪物。魃灾：旱灾。
④ 泽：恩惠。

【250】

夕阳岭即西阳岭

赵大经

乱山何处尽，合沓①怅蛮乡。
岁月惊残腊，肩舆②度夕阳。
同群应鼓棹③，独上懒搴④裳。
去去休延伫⑤，寒云极目长。

作者简介 Zuozhe Jianjie

赵大经，字吾山，清朝人。

题解 Tijie

见杨亿《留别》注释③。

注释 Zhushi

① 合沓（tà）：重重叠叠，聚集在一起。
② 肩舆：乘坐轿子。
③ 鼓棹：本意是划桨助力，诗中是勉励的意思。
④ 搴（qiān）：撩起、揭起。
⑤ 延伫：磨磨蹭蹭延误时间。

【251】

从浦城西乡起行六十里宿梨口，一路下来山势奇险，是武夷之先声

袁 枚

簇簇青芙蓉，对面开千朵。颇似武夷君[①]，著渠来迎我。
有时形突兀，云中插箭笴[②]。有时势盘纡，长眉斗婀娜[③]。
遥青与天分，近绿将人裹。陵上更援下，断右忽连左。
滩声万雷奔，松竹一亭锁。远望树深处，茅篷起烟火。
心忖[④]是何村，今宵安歇可。

作者简介 Zuozhe Jianjie

袁枚（1716—1798），字子才，小字瑞官，号简斋，一号存斋。浙江钱塘（今杭州）人。清乾隆四年（1739）进士。曾任江宁等地知县。清代著名诗人，为性灵诗派代表人物。著有《小仓山房诗集》《小仓山房文集》《随园诗话》和笔记小说《子不语》等。

题 解 TiJie

作者乾隆五十一年（1786）八月二十八日入闽，经仙霞岭，宿渔梁，过今永兴等地离开浦城。从浦城西乡（今属永兴镇）出发到崇安（今武夷山市）梨口住宿。此诗为作者描绘沿路风光之作。

注 释 *ZhuShi*

① 武夷君：相传福建崇安（今武夷山市）武夷山古为仙人武夷君神宅，汉武帝听信越巫，曾遣使祭祀。朱熹《武夷山图序》疑此山前世为武夷旧居，武帝祀者或即其君长。

② 笴（gě）：箭干。

③ 婀娜（ē tuǒ）：轻盈、美好。

④ 忖（cǔn）：思量、揣度。

【252】

浦城旅舍见月

王鸣盛

梦笔山头月，流光①南浦桥。
江郎余恨在②，何计不魂销。

作者简介 Zuozhe Jianjie

王鸣盛（1722—1797），字凤喈，号礼堂，又号西庄，晚号西沚。嘉定（今属上海市）人，清乾隆十九年（1754）进士。他所撰写的《十七史商榷》是清代史学名著之一。还著有《耕养斋集》《西沚居士集》。

题解 TiJie

旅舍，就是旅馆。此诗为作者住在浦城旅舍所作。

注释 ZhuShi

① 流光：光彩闪耀。

② 江郎余恨在：江郎指南朝江淹。江淹少有文名，晚年诗文无佳句。此句有“江郎才尽”之叹。

【253】

渔梁驿韩蕲王擒刘正彦处

赵 翼

地险渔梁驿，狂酋①此拥师。
虽非大敌勇。正值小朝危。
一战无遗寇，偏安②有始基。
江流千尺岸，故迹令人思。

作者简介 Zuozhe Jianjie

赵翼（1727—1814），字云崧，一字耘松，号瓯北，江苏阳湖（今武进）人。清乾隆二十六年（1761）进士。曾任贵西兵备道。是清代著名史学家、文学家。著有《廿二史劄记》《陔馀丛考》《瓯北诗钞》《瓯北诗话》等。

题 解 Tijie

南宋建炎三年（1129），苗傅、刘正彦在杭州发动兵变，逼迫宋高宗赵构下台。兵变失败后，苗、刘率部退出杭州，在各路“勤王”军队的压迫下向浙西南退却，不久又退入福建浦城境内。韩世忠当时被任命为浙西制置使，奉命追剿苗、刘。五月十二日，韩世忠率部到浦城。当时苗、刘占据浦城渔梁一带，“夹溪而屯，据险设伏”，与韩世忠的军队对阵。韩世忠命令刘晏率六百人马在渔梁山南麓作疑兵，又命统制官马彦溥等率兵夜袭苗、刘兵营。但交战失利，马彦溥阵亡，苗、刘部属乘胜向韩世忠中军大营进攻。宋兵在韩世忠率领下奋勇反击，刘正彦落马被擒，苗傅之弟苗翊也被俘，韩世忠反败为胜。苗傅率残部向崇安（今武夷山市）逃窜，到崇安后，苗傅抛弃这些残兵败卒，改名换姓偷偷逃往建阳，结果被当地土豪抓获，送交韩世忠。一度威胁南宋王朝的苗、刘兵变遂告彻底平息。

韩世忠(1089—1151)，南宋名将。字良臣，绥德(今属陕西)人。行伍出身，御西夏有功。宋、金战争起，在河北力抗金军。绍兴十一年（1141），授枢密使，他抗疏反对和议，又以岳飞冤狱当面质问秦桧。所言均不被采纳，乃自请解职，闭门谢客。死后追封蕲王。

注 释 ZhuShi

① 酋（qiú）：首领。

② 偏安：旧时指帝王没有统治全国，偏据一方以自安。

【254】

浦城发棹

翁文达

仙帆天上复飞还，南浦才逢九月间。
黄菊有情犹待我，白云无恙①自归山。
回头频看峰千叠，开户遥怜水一湾。
明日渊②关且停棹，篱边樽酒喜开颜。

作者简介 Zuozhe Jianjie

翁文达，字兼卿，号桃湖，古田人。清乾隆二年（1737）进士。著有《翁桃湖集》。

题解 TiJie

棹，摇船的用具，也指船。发棹，就是坐船出发。此诗是浦城开船时，作者描述周围的景色。

注释 ZhuShi

① 恙（yàng）：担忧。
② 渊（yuān）：深远。

【255】

游金斗山

王际鑠

古殿金台踞[1]绝巅，登临[2]有兴独居先。
暮云初起横连壑，斜日余辉直射川。
放出胸中无限地，到来此处别开天。
同人[3]不用催行急，归去应须月满船。

作者简介 Zuozhe Jianjie

王际鑠，清代人。曾任泉州教谕。

题　解 TiJie

见刘子翚《金斗山望瀑布》。

注　释 ZhuShi

① 踞（jù）：占据。
② 登临：登山临水，浏览山水。
③ 同人：朋友。

【256】

吕少尹南浦送别图

林 鸿

出岫①吴云度岭深，乘风酿雨柘城阴。
春来涨作绿波水，留写冰壶②一片心。

作者简介 Zuozhe Jianjie

林鸿，字汝翀，浦城人。清乾隆四年（1739）进士。

题 解 Tijie

吕少尹，吕万年，清乾隆二年（1737）任浦城县丞。此诗为送别吕万年任满离开浦城时的情景。

注 释 Zhushi

① 岫：山。

② 冰壶：盛水的玉壶，喻洁白，形容洁白晶莹。指人心地光明，品行高洁。唐朝王昌龄《芙蓉楼送辛渐》诗有“洛阳亲友如相同，一片冰心在玉壶”句。

【257】

新春桥亭村中

张 锦

四山环绕小楼前，仰视休云①井底天。
后碓春声前碓续，上村桥影下村连。
家家茶酒供佳客，处处香花祝有年。
礼法自疏情自厚，我来为赋武陵②篇。

作者简介 Zuozhe Jianjie

张锦，字美中，浦城人。清乾隆八年（1743）贡生。著作《有格亭诗草》。

题 解 TiJie

新春指初春、早春，尤指春节过后的一二十天。桥亭，今属浦城县水北街镇。此诗写的是新春时分，桥亭村中的热闹喜庆和待客的场景。

注 释 ZhuShi

① 休云：不说，不提。
② 武陵：唐王维“居人共住武陵源，还从物外起田园”，后泛指清净幽美、避世隐居的地方。

【258】

再过芙蓉庵在乐平里

张锦

踏来苔径印行踪，一往纡回①薜荔②封。
山寺已经前度至，乱云堆里认芙蓉。

题解 TiJie

芙蓉庵在今浦城县仙阳镇渔梁，仙阳古时称乐平里。

注释 ZhuShi

① 纡回：曲屈盘旋。

② 薜（bì）荔：植物名，亦称木莲、鬼馒头。桑科。

【259】

浦城

黄 惠

高树斜阳噪晚蜩①，倌人②迎客卸征桡③。
南闽地势云边尽，东浙山光鸟外遥。
八百里人愁黯黯④，十三年柳叶萧萧。
余别此地十三年矣。
明朝策⑤马知何处？无数销魂旧板桥。

作者简介 Zuozhe Jianjie

黄惠，字成迪，号心庵，福建永福（今福建永泰）人。清乾隆十九年（1754）进士，曾任江西高安县知县。

题 解 Tijie

故地重游，自然别有一番风味。此诗为作者十三年后再经过浦城时所作。描绘了沿途景色，也写出了作者惆怅的心情。

注 释 Zhushi

① 蜩（tiáo）：蝉。
② 倌（guān）人：旧时在饭店、茶坊等处服务的人。
③ 征桡：桡：桨、楫，引申为航船。征桡，为远行的航船。

④ 黯（àn）黯：心神沮丧的样子。

⑤ 策：鞭打，引申为促进、促动。

【260】

春日回龙寺听琴

李青震

回峰青杳霭[①]，相赏白云深。
有客如孤鹤，为余写好音。
清风来指上，飞瀑洒禅林[②]。
弦外无穷意，悠然惬[③]素心[④]。

作者简介 Zuozhe Jianjie

李青震，字惊远，一字碧开，浦城人。清乾隆九年（1744年）举人。曾经主持崇安景贤书院。

题　解 Tijie

回龙寺，在浦城县城南浦门外水南回龙山下。宋建，后毁。明崇祯十二年（1639），僧人如松募缘重建，现已毁。

注　释 ZhuShi

① 霭：云气。
② 禅林：寺宇。
③ 惬（qiè）：满意、快意。
④ 素心：本心，平素的心意。

【261】

秋宿荆山祈梦楼

李青震

人来寻梦我寻秋，秋在空中最上头。
天际烟云林际淡，山间风雨夜间留。
百年事业卢生枕①，一觉因缘范蠡舟②。
半榻忽闻清籁发，钟声敲破古今愁。

题 解 | tijie

荆山寺，在浦城县莲塘镇悦乐村西北，距县城7公里。寺因坐落在荆山之中，故名为荆山寺。寺边有瀑布如练，终年不息。瀑布飞流而下南流，溪流曲曲折折，人行走，跨石阶36个，忽在溪东、忽在溪西，跳跃回旋，别有风味。

五代时战将黄宠、范滔死后被奉为神灵，称为荆山大王。百姓遇到水旱灾害，都到这里祈祷。而且，还以祈梦灵应闻名一时，原有祈梦楼。每年八月初一日或白露日，用白公鸡去祭奠祈梦。

注 释 | zhushi

① 卢生枕：《文苑英华 · 枕中记》载：卢生于邯郸客店中遇道人吕翁，卢生自叹穷困，吕翁给一个枕头，使他入梦。卢生在梦中，历尽荣华富贵，受封入相，子孙满堂。梦醒，黄粱尚未炊熟。后演化为成语“黄粱一梦”，多用以比喻富贵终归虚幻，或欲望破灭。

② 范蠡（lí）舟：范蠡，春秋末政治家，字少伯，楚国宛地（人。助越王勾践灭吴之后，改名易姓泛舟五湖。后因以指功成身退或指悠闲泛舟，归隐江湖。

【262】

自角峰山宿大佛寺

李青震

路转溪南峰渐平，前村兰若暮云生。
日中杖履忙无谓，宿处烟霞晚却清。
野碓[1]人眠舂[2]落月，山泉夜冷赋秋声。
崎岖到此翻佳绝，数斗凭教浊酒倾。

题解 TiJie

角（lǔ）峰山，在浦城县城北20公里，管厝乡管厝、楮林、水平村界上，海拔817.7米，发端于党溪的羊角尖（海拔1341米），过岑岭，有数峰排列，其中一峰尤为险峭，其下为犀牛山，有一块石头突起角立，朝向月山，称为犀牛望月。过溪南为大佛山，再过仁力桥边为乾山，两麓如门，临潭沉碧，亦是秀异。又从章村岭去上湖，为旗山，形为展开的旗帜，为角峰之右臂。大佛寺，又称大佛岩寺，在浦城管厝乡溪南村，明代建。

注 释 ZhuShi

① 碓（duì）：舂谷的设备。

② 舂（chōng）：用来捣去稻谷皮壳的杵臼。这里当动词用，月已落，野碓还在舂个不停。

【263】

过官田赴友人祖述初秋游之约，归记所历，烟霞山水如在几砚间。赋此志胜，兼质述初

李青霞

屈指船山①夜话时，于今十载复相思。
朋当别后招随至，山到秋来看更奇。
洗我尘心②听雨净，怀人远水渡湖迟。
归家枉记千峰翠，旧侣③重游未赋诗。

题解 TiJie

官田，今属浦城县管厝乡。

注释 ZhuShi

① 船山：在浦城县城北 22.5 公里。忠信镇上同村与管厝乡岩步、流源村境。发端于白岭山，海拔 970.5 米。势高平如船，因名。前为玉女峰，旁为王归峰，其下为宋代理学家杨与立故居。山顶有水池，清澈照人，还有跑马岗。相传闽平昌王曾避乱于此，旧时有庙，今已废弃。

② 尘心：世俗之心。

③ 侣（lǚ）：同伴、伴侣，这里指友人。

【264】

题浮盖山碧狮峰

孙振豪

狮影危蹲石自顽，凿牙锯齿壮空山①。
知他无用河东吼②，辟易③群毛④浮盖间。

作者简介 Zuozhe Jianjie

孙振豪，字汝西，浦城人。清乾隆十八年（1753）举人。曾任邵武县学教谕。

题解 Tijie

碧狮峰为浦城浮盖山主峰，在大云寺东600米处，块垒巨石，似雄狮蹲伏。石上灌丛遍布，犹为碧色毛皮。

注释 Zhushi

① 壮空山：使空寂的大山雄壮威严。

② 河东吼：河东，古郡名，柳姓为河东望族，宋代陈慥妻子姓柳，此暗指柳氏；狮吼，佛家比喻威严。陈慥好谈佛，却又爱在家中养家妓，而他妻柳氏厉害又嫉妒，苏东坡有诗，借用河东狮吼来跟陈慥开玩笑，比喻妻子嫉妒而厉害。

③ 辟易：惊退。

④ 群毛：山中各类野兽。

【265】

临江仙·水村

孙振豪

坞[①]里溪桥桥里树，树梢屋角溪隅[②]。溪回桥转忽模糊。云多山见少，花满路疑无。　听有涛声寻却误，也非燕唤莺呼。隔林招手叫提壶。牧童樵[③]得笋，农父钓归鲈。

题解 Tijie

临江仙，唐教坊曲名，后用为词牌。原曲多用以咏水仙。双调，58字或60字，皆用平韵。水村，指的是水边的村落。唐代诗人杜牧有《江南春绝句》诗："千里莺啼绿映红，水村山郭酒旗风。南朝四百八十寺，多少楼台烟雨中。"

注释 ZhuShi

① 坞（wù）：指四面高而中央低的山地。
② 隅（yu）：靠边的地方。
③ 樵：砍，作动词。

【266】

过华山寺访秋水和尚

刘廷梧

竹荫青苔石磴崇，禅栖寂寂此山中。
何人恰自成三笑①，有客还来问六通②。
林下风清闻玉磬，窗前日午挂诗筒。
举头还指城隅路，便觉尘缘处处空。

作者简介 Zuozhe Jianjie

刘廷梧，字升碧，浦城人。清乾隆十八年（1753）举人。善于写诗，他诗的风格清新婉丽。

题解 TiJie

华山寺，原在浦城县城东华丰门外。宋建，后毁，清乾隆二年（1737）僧人秋水募缘重建。现已废。

注释 ZhuShi

① 三笑：佛教以过去、现在、未来为三世，也称三笑。
② 六通：佛教指六种神通力，即神境通、天眼通、天耳通、他心通、宿住通、漏尽通，也称六神通，泛指佛学思想。

【267】

上岚即景

周 鼎

周围十亩园，傍栽五亩竹。
竹外一溪水，竹里数间屋。

作者简介 Zuozhe Jianjie

周鼎，字洛新，清代浦城人，生卒年不详。

题 解 Tijie

上岚，今属浦城县南浦街道民主村。即景，指眼前的景物。上岚即景，指的就是描写作者所见到的上岚景物。

【268】

九牧行馆夜雨作

褚廷璋

一夕萧萧雨，空斋客自寒。
近添峰影碧，高带叶声残。
刻烛吟还静，传筹[①]梦未安。
放晴期[②]晓发，倍听涧汍澜[③]。

作者简介 Zuozhe Jianjie

褚廷璋，字左莪，号筠心。长洲（今江苏苏州市）人。清乾隆二十八年（1763）进士，曾任翰林院侍读学士。著有《筠心书屋诗钞》等。

题　解 Tijie

九牧，在浦城县城西北31公里，海拔298米，为九牧镇驻地。唐林藻等九兄弟进京赶考都经此，兄弟九人均出任州牧，故名九牧。九牧溪自南向北绕村而过，流入江西信江。九牧自古为八闽要道，村设行馆，供来往官员驻足。村北的五显岭，地势险要，设有梨岭关，现为福建省级文物保护单位。

注　释 Zhushi

① 传筹（chóu）：筹：记数用具，后称赌博记数的用具。传筹，为赌博的意思。
② 期：希望。
③ 汍（wán）澜：涕泣的样子。

【269】

越山纪胜仙楼

山深林密，远望目穷，几与尘凡隔矣

陈焯

仙楼渺何许，蕴①秀粤山阳。
卓哉贤太守②，割地③开书堂。

作者简介 Zuozhe Jianjie

陈焯，字暎之，号无轩，归安（今浙江湖州）人。清代乾隆年间，任浦城南浦书院主讲。著有《湘管斋寓赏编》《清源杂志》《感旧怀贤录》《湘管斋集》。

题解 TiJie

浦城南浦书院在城东仙楼山（越山）下，左为道院，有迎仙楼，俗称仙楼。清代乾隆二十八年（1763），知县吴镛划越山道院一半创建。乾隆三十六年五月，作者陈焯任南浦书院主讲时，延平守谭垣离任后来到浦城，两人经常游览仙楼山，将此山二十四景各赋五言绝句一首。纪，记载，记录，胜，胜景，美景。越山纪胜，就是指描绘越王山美好的景色。

注释 ZhuShi

① 蕴（yùn）：积聚、藏蓄。
② 贤太守：指浦城县知县吴镛，南浦书院由他创办。
③ 割地：划出土地。

【270】

仙楼纪胜越王台

陈　焯

霸业久销歇①，荒台今尚存。
云连闽越远，错绣余川原②。

题　解 TiJie

越王台，在仙楼山顶，为汉东越王馀善建。

注　释 ZhuShi

① 霸业久销歇：东越王馀善建立霸业已成遥远的历史了。销歇，停止。

② 错绣余川原：仙楼山及周边山峦交错织绣着其外的河川与原野。

【271】

越山纪胜炼丹井

陈焯

灵源活活来，云流湛不动。
二五[①]储真精，何须别铅汞[②]。

题解 TiJie

炼丹井，在浦城县仙楼山南侧，今县进修学校后，为明道人以井水炼丹而得名。井宽1.5米，深2米。在井上左侧有摩崖石刻两处，一处刻“乾隆丁丑秋”五字，楷书，“炼丹井”三字，隶书，字15×15厘米，落款为“陈□□砌”，另一处44字，楷书，字迹模糊。

注释 ZhuShi

① 二五：指《周易》别卦中第二爻与第五爻。
② 铅汞：指道人用以炼丹的矿物。

【272】

越山纪胜和韵金鸡岭

谭垣

金鸡应候[①]鸣，独占东山晓。
海日升扶桑[②]，昂然冠[③]群鸟。

作者简介 Zuozhe Jianjie

谭垣，字桂峤，清朝人，生卒年不详。

题解 TiJie

金鸡岭，在浦城县城东，仙楼山北。俗称“金鸡鸣，家鸡始鸣”。

注释 ZhuShi

① 应候：选择适当的时候，适时。
② 扶桑：神话中树木名，传说日出于其下。
③ 冠（guàn）：超过。

【273】

越山纪胜和韵铁笛岩

谭垣

铁笛真仙乐，吹向绿萝[①]阴。
幽岩罕[②]人迹，仿佛月中吟。

题解 TiJie

见詹禋《越台晚照》。

注释 ZhuShi

① 绿萝：泛指植被茂盛处。
② 罕（hǎn）：难得。

【274】

越山纪胜和韵洗笔泉

谭垣

彩笔传江令，临池[1]仿右军[2]。
清泉供洒濯[3]，墨[4]妙已超群。

题解 TiJie

洗笔泉，在仙楼山，传为清代道人柳霖洗笔处。

注释 ZhuShi

① 临池：学习书法。

② 右军：即王羲（xī）之（321—379，一作303—361），东晋书法家，字逸少，琅玡临沂（今属山东）人。出身贵族。曾任右军将军，会稽内史，所以世称“王右军”。

③ 洒濯（zhuó）：挥洒笔墨和清洗毛笔。

④ 墨：指书法作品。

【275】

越山纪胜和韵一线天

郑沄

谁施巨灵①掌，于此拆天罅②。
朝晖与夕阴，虚明争不夜。

作者简介

郑沄，字晴波，号枫人，江苏仪征人。清代乾隆举人，曾任浙江粮运。著有《王句草堂集》。

题解

一线天，在仙楼山碧霞洞内。

注释

① 巨灵：巨神，古代神话传说中中指分开华山的河神。
② 罅：裂缝。

【276】

越山纪胜和韵迎仙桥

郑沄

虹桥跨碧涧，响玉闻琤琤[①]。
沈吟风露夕，望断步虚声[②]。

题解 Tijie

迎仙桥，跨仙楼山碧霞洞，涧水清冷。

注释 ZhuShi

① 琤（chēng）琤：玉相击声。

② 步虚声：道士诵读礼赞时的一种腔调。据称这种腔调宛如众仙缥缈步行虚空歌颂之声，故名。

【277】

越山纪胜和韵宜竹亭

郑沄

竹深静残暑[1]，万绿交森沉[2]。
坐此合终日，呼童来抱琴。

题解 TiJie

宜竹亭，在仙楼山，亭四周毛竹茂盛。

注释 ZhuShi

① 竹深静残暑：深幽的竹林使残留着一些暑气的越王山格外宁静。

② 万绿交森沉：茂密的林木聚集在一起使得环境寂静又沉郁。

【278】

越山纪胜和韵读书廊

孙 霖

葱翠浮高岭①，观书思渺然②。
长廊滋碧草，生趣③满阶前。

作者简介 Zuozhe Jianjie

孙霖，清乾隆间人。字美门，浙江归安人。

题 解 TiJie

读书廊，在仙楼山文昌楼右，有36间房子，为学生读书之所。

注 释 ZhuShi

① 葱翠浮高岭：葱翠的林木浮现在高高的岭背上。
② 渺然：旷达的样子。
③ 生趣：生命的意趣。

【279】

越山纪胜和韵半月池

孙霖

半月不复满，煮茗[1]汲[2]清泉。
占取沧浪[3]兴，蓬瀛小洞天。

题解 Tijie

半月池，在仙楼山碧霞洞外，池为半月形。

注释 Zhushi

① 茗（míng）：茶。
② 汲：打水。
③ 沧浪：水青苍色。

【280】

题粤山道院

顾杏章

楼阁在岑蔚①，参差倚层峰。奥区②辟③突窔④，嘉荫欣茏葱。古洞通小有⑤，闲云曳高松。凭虚数列雉⑥，当槛山气重。翼然尘市外，如在深岩中。斗枢具法相⑦，三霄落晨钟。道人云游去，清话不可逢。比邻弦诵区⑧，列榭环肘通。心清煮石地⑨，缅想先贤风。愁余尘土足，残步仍匆匆。

作者简介 Zuozhe Jianjie

顾杏章，字春江，清朝人，生卒年不详。

题解 TiJie

粤山道院，在粤山（仙楼山）山麓，清代顺治年间，道人柳霖和黄子颠所建。康熙、雍正增建。乾隆十九年（1754），增建为道院。乾隆五十八年，本县乡绅祝荣林增修。

注释 ZhuShi

① 岑蔚（cén wèi）：岑，小而高的山。蔚，形容草木茂盛。

② 奥区：腹地，深处。

③ 辟（pì）：开辟，从无到有地开发建设。

④ 突窔（yǎo）：形容高耸突出，深远的建筑物。

⑤ 小有：道家所传洞府名，后比喻为名胜地方。

⑥ 雉：古代城墙长三丈高一丈叫一雉。

⑦ 法相：佛教指宇宙一切事物的形象。

⑧ 弦诵区：弦诵，指学校教学。弦诵区，这里是指南浦书院。

⑨ 煮石地：道家修炼的地方。

【281】

泊水北

王家奋

停舟在何处，翠竹白沙间。
溪水明①残照，浮云淡远山②。
枫林有余叶③，野鸟不胜④闲。
舟子多相识，村人共往还。

作者简介 Zuozhe Jianjie

王家奋，字子能，闽县（今福州）人。清乾隆三十九年（1774）举人。

题解 TiJie

水北，现为水北街镇驻地，在浦城县城东南38公里，村舍原在南浦溪北岸，唐末即有水北之称，后因灾迁到南岸，仍称水北。水北是浦城县重点码头，至今有水北码头至石陂镇旧馆电站的航道，通行机动客船。

注释 ZhuShi

① 明：映漾出。
② 淡远山：使远处的山色不那么凝重了。
③ 余叶：秋后残挂在枝桠上的枫叶。
④ 不胜：耐不住。

【282】

北郊春行

王道隆

曲曲溪流处处花，鸡声人语入桑麻。
天然一幅王维① 画，朴树桥② 边卖酒家。

作者简介 Zuozhe Jianjie

王道隆，字仰清，浦城人。清乾隆四十年（1775）进士。曾任金堂县、上高县知县。

题 解 Tijie

北郊，指的是城北的郊区。此诗写的是作者在春天到浦城县郊游所见的情景。

注 释 ZhuShi

① 王维：王维（701—761，一作 698—759），唐代诗人，画家。字摩诘，原籍祁（今山西祁县），其父迁居于蒲州（治所在今山西永济）。北宋苏轼称他“诗中有画，画中有诗”。

② 朴树桥：在浦城县仙阳镇三源村，因桥头原有一棵高大的厚朴树，故名朴树桥。桥为石拱桥，平面呈曲尺形，东西走向，长 15 米，宽 7.2 米，高 3.8 米，孔径 8.8 米。南侧引桥长 20 米，宽 2 米，北侧引桥长 15 米，宽 2 米。原有廊屋。在桥北侧石拱上嵌有一方石刻，

长 0.86 米，宽 0.3 米，楷书阴刻，刻于宋绍兴七年（1137），全文为：“圣宋绍兴七年岁次丁巳戊申朔，僧募众缘建造石墩。谨题。”该桥为浦城县现存最古老的石拱桥，

【283】

渔梁客夜

卢 遂

行色归风雪，乡心界浙闽。
寂寥南去雁，问讯北来人①。
驿吏传更肃，饥鼱②见火踆③。
都忘高枕梦，凛凛④逼霜晨。

作者简介

卢遂，字易良，号霁渔，侯官（今福州）人。清乾隆四十年（1775）进士。曾任翰林编修。

题 解

见蔡襄《宿渔梁》。

注 释

① 问讯北来人：原有自注："时有参戎自都中来，自闽者同宿旅邸，亦款洽。"

② 鼱（jìng）：指老鼠。

③ 踆（cūn）：踢。

④ 凛凛：形容寒冷的样子。

【284】

题吴墩山家

卢 遂

路转峰回有足音，峭寒①天色立遥岑②。
雪痕一抹溪千尺，翠竹林中草阁深。

题 解 TiJie

吴墩，今属浦城县九牧镇。题，就是书写的意思。山家，居住在山林间的人家。此诗描写的是居住在吴墩村山林间的人家。

注 释 ZhuShi

① 峭（qiào）寒：严寒。
② 岑（cén）：小而高的山。

【285】

望西岩山

吴 楷

远睇[1]青漫漫，风光倏[2]屡变。
飞鸟天际还，白云卷秋练。
浮碧满城闉[3]，霏霏亘霄汉[4]。
雨后空翠妍[5]，飞来屋角罥[6]。

作者简介 Zuozhe Jianjie

吴楷，字廷端，浦城人。清乾隆四十四年（1779）举人。历任高安、南康、东乡县知县。

题 解 Tijie

见无名氏《白羊坟诗》。

注 释 Zhushi

① 睇（dì）：诗中为“看”的意思。
② 倏（shū）：极快地，忽然。
③ 闉（yīn）：古代城门外的曲城。
④ 霄汉：高空。
⑤ 妍：明亮。
⑥ 罥（juàn）：缠绕。

【286】

莲花

孙若孟

十里鉴湖①莲，亭亭②娇欲语。
许多采莲舟，都在花深处。

作者简介 Zuozhe Jianjie

孙若孟，女，清代浦城人。善于写诗。著有《孙若孟诗稿》一卷。

题解 TiJie

莲，多年生水生草本植物。花大形美，浮在或高出水面，白天开花夜间闭合。宋人周敦颐在《爱莲说》中称赞其“出淤泥而不染，濯清涟而不妖”。此诗描写浙江绍兴鉴湖莲花和采莲的情景。

注释 ZhuShi

① 鉴湖：在浙江绍兴西南2公里，湖长约8公里，宽1公里许。
② 亭亭：形容耸立的样子。

【287】

送春

孙若孟

年年只见百花开，不解① 花间送几回。
悟② 得风光多冷落，临行先订早梅来。

题解 TiJie

送春，意思为送别春天，此诗描写春天即将过去时作者的心情，表现手法极富浪漫情调。

注释 ZhuShi

① 不解：记不清了。
② 悟：理解、明白。

【288】

送春

孙兰如

可怜[1]上苑[2]枝，枝老花相辞。
东风留不住，急吟送春诗。

作者简介 Zuozhe Jianjie

孙兰如，女，清代浦城人。此诗为她10岁时所作。

题解 Tijie

这也是一首送别春天的小诗，虽然是作者10岁时所写，但从中却可以读出小小孩童珍春、惜春之情怀。

注释 Zhushi

① 可怜：可爱。
② 上苑（yuàn）：供帝王玩赏、打猎的园林。这里泛指一般的花园。

【289】

咏金斗山红花石

程顺则

闲看石上太湖花，仿佛岩头落彩霞。
岂是支机[①]移织女，何年博望[②]更浮槎[③]。

作者简介 Zuozhe Jianjie

程顺则（1663—1743），清代琉球使者。清康熙年间，五次奉命到北京清朝廷进贡，途经浦城，曾停泊浦城观前，作有《咏金斗山八景诗》，此为其中之一。

题　解 TiJie

红花石，今人称作饭甑岩，在金斗山东侧，丹霞质地、纹路如花，故名。

注　释 ZhuShi

① 支机：汉代传说为天上织女用以支撑织布机的石头，称支机石。
② 博望：汉武帝封张骞为博望侯。
③ 浮槎：传说中来往于海上和天河之间的木筏。

【290】

咏金斗山一笔峰

程顺则

玉皇[1]天案校书仙，侍草通明彩笔鲜。
自赠墨池词赋客，山中垂露已千年。

题 解 TiJie

一笔峰，位于浦城观前村村南约 1.5 公里处。北临南浦溪，海拔 387 米。峰顶较尖，略呈金字塔形状。咏，在这里指用诗词等来描述、抒发感情。

注 释 ZhuShi

① 玉皇：道教称天帝为玉皇大帝，简称玉皇。

【291】

咏金斗山望江台

程顺则

曲曲清江可溯洄[1]，凭高望去浪花闲。
天然一片观涛地，不识何年筑作台。

题 解 | TiJie

望江台为浦城县水北街镇观前金斗山景点之一，在望江台远眺，可望观前村和禅寂寺，俯视溪中，可见往来舟船。

注 释 | ZhuShi

① 溯洄：逆流而上，水回旋而流。

【292】

咏金斗山仙人床

程顺则

紫苔岩上石床悬，百丈游丝一缕烟。
高枕若容刘阮[①]卧，天台何必问神仙。

题解 Tijie

仙人床，为浦城观前金斗山景点之一。一石似床，下临深渊，所以称仙人床。

注释 ZhuShi

① 刘阮：相传东汉永平年间，浙江剡县人刘晨、阮肇同入天台山采药，遇二女子，受邀到女子家中留住了半年。回乡时，他们的子孙已经历了七代，后重入天台山寻访二女，踪迹全无。

【293】

善济桥落成赠章士辉

祖之望

蟾蜍[1]印月，鸡鹜[2]凌云。山川灵淑，荟萃于君。
英姿俊发，卓荦[3]超群。敦诗说礼，排难解纷。
秉性孝义，邑载名文。功襄利济[4]，德著榆枌[5]。
好施乐善，既耄[6]且勤。流光积厚，桂馥兰芬。

作者简介

祖之望（1754—1813），字舫斋，字载璜，号子久，浦城人。清乾隆四十三年（1778）进士，官至刑部尚书。嘉庆八年（1803），以母老回乡奉养，在浦城任《新修浦城县志》总裁，监修城墙和娑婆桥，校刊《浦城遗书》十余种。

题解

章士辉（1696—1784），字映庭，号毅庵。一生为人忠厚，热心公益、乐善好施。清顺治四年（1647），万宁桥被毁，清顺治五年，县令李葆贞捐俸禄，章士辉捐资重建万宁桥，更名永济。后又被毁。清乾隆四十年（1775），章士辉捐资重建，更名善济桥。除此之外，章士辉又在西阳岭两侧捐资建邮亭四个。后来，与余继文、高选卿、文士荣等倡捐第四次修葺临江镇安桥与水西永乐桥（即黄桥）。善济桥，在浦城县莲塘镇九秋村，原名九湫桥，元大德（1297—

1307）建。此桥屡毁屡建，先后称万宁、永济、善济桥。清嘉庆十五年（1810）毁于水，改用渡船。

注释 ZhuShi

① 蟾蜍（chán chú）：印月：《淮南子》载“日中有踆乌，而月中有蟾蜍”。后以蟾蜍为月亮的代称。

② 鸡鹜（wù）：指全婺尖，坐座浦城临江。孤峰特秀。

③ 卓荦（luò）：超绝、突出。

④ 功襄利济：功德有益于振济社会，襄：襄助。利，有利于。

⑤ 榆枌（fén）：枌榆，乡名，汉高祖的故乡。后人因称家乡为枌榆。

⑥ 耄（mào）：老，八、九十岁称“耄”。

【294】

题有斐园石山

祖之望

君家日踞[①]步云斋，高接西山[②]气象佳。
一自金鸡飞去后，故将森壑满胸怀。

题 解

斐园为全征兰的园林，在浦城城东金鸡岭。全征兰（1762—？），字湘畹，精于绘画。清嘉庆《新修浦城县志》各图均出于其手。编辑有《南浦诗话》四卷。清嘉庆十七年（1812）初夏，全征兰垒石为山建斐园，祖之望在斐园纂修《浦城县志》。

注 释

① 踞：依靠。
② 西山：指真德秀，真德秀号西山。宋贤真夫子祠在其附近。

【295】

春寒

祖之望

三月已过半，春风尚薄寒。
酿成云漠漠，吹送雨漫漫。
节候花朝晚，关河客路难。
低头看密缝，万里怯[1]衣单。

题 解 TiJie

此诗描述三月天的气候，作者出门远行，惧怕受寒，穿上重重衣衫。

注 释 ZhuShi

① 怯（qiè）：惧怕。

【296】

谒谢翱先生祠

朱秉鉴

汐社[1]悲歌客，西台恸哭声[2]。
从亡偏后死，知己独先生。
天地留诗卷[3]，史书佚姓名[4]。
祠堂重卜筑，瞻拜不胜情。

作者简介

朱秉鉴（1758—1822），字清如，号鹿坪，清乾隆五十二年（1787）进士。曾任南浦书院主讲。嘉庆十五年（1810），新修《浦城县志》，他担任总修。

题解

见谢翱《中秋百丈山龙井玩月》。

注释

① 汐社：元至元二十五年（1288），谢翱于浙东创立汐社以文会友。
② 西台恸哭声：谢翱著有《西台恸哭记》。西台，在浙江桐庐县。
③ 天地留诗卷：谢翱著有《天地间集》。
④ 史书佚姓名：是指《宋史》《元史》均无谢翱的传记和事迹。

【297】

移建宝宋亭于梦笔二首之一

朱秉鉴

墨妙流传讵等闲①，移从深巷到名山。
游人读罢添珍重，爱尔西山②数往还③。

题 解 | TiJie

宋绍定四年(1231)，真德秀与知县陈昉议定兴建社稷坛。嘉熙二年(1238)，由知建宁府事王野作记，并勒石为碑，碑名《建社稷坛记》。清嘉庆十五年(1810)，新修浦城县城墙，发现此古碑。祝昌泰为此在南浦门外建石亭护碑，称宝宋亭，后迁建于梦笔山。

注 释 | ZhuShi

① 讵(jù)等闲：讵，岂，怎。等闲，寻常。讵等闲，怎么是寻常的事。
② 西山：指真德秀。真德秀号西山。
③ 数往还：多少次地去去来来(瞻仰古迹)。

【298】

棠岭四胜诗舞象

佚 名

山形如象舞于南，长鼻捲舒向碧潭。
宛欲加旋归野径，浑将起立挹[1]山岚。
风来树杪[2]身疑动，云复峰巅口若含。
天地生成千载在，扶舆[3]淑[4]气自中函。

作者简介 Zuozhe Jianjie

佚名，清人。

题 解 Tijie

棠岭，今属浦城县盘亭乡，原名棠峰，因村有棠峰洞而取名，后因至盘亭要越岭，称棠岭。村子周围有四个岭，形似狮、象、蛇、龟，清代佚名作“棠岭四胜诗”，诗名分别为啸狮、舞象、灵蛇、玄龟。

注 释 Zhushi

① 挹（yì）：吸取、牵引。
② 杪：树木末梢。
③ 扶舆：盘旋而上、形容自下而上。
④ 淑（shū）：美好。

【299】

题宝宋亭

朱秉铭

墨妙盈① 天地，胡为② 宋独珍。
当年盛耆宿③，此日见精神。
石泐④ 碑中字，花残梦后身。
两亭终不朽，留取风⑤ 斯人⑥ 。

作者简介 Zuozhe Jianjie

朱秉铭，字缄三，朱秉鉴弟。清嘉庆六年(1801)举人。著有《绿筠堂菊花诗》《焚余诗草》《雪龛制艺》等。

题解 TiJie

见朱秉鉴《移建宝宋亭于梦笔》。

注释 ZhuShi

① 盈：充满。
② 胡为：为什么是。介宾倒装句式。
③ 耆（qí）宿：具有一定影响力的长者。
④ 泐（lè）：同“勒”，刻石。
⑤ 风：教化。
⑥ 斯人：这里的人。

【300】

南浦书院赋（摘句）

祖之弼

窗前绿满，亭角红欹①。
书声在牖②，鸟语在枝。

作者简介 Zuozhe Jianjie

祖之弼，字允谐，清代浦城人。

题 解 Tijie

见陈焯《仙楼》。

注 释 Zhushi

① 欹（yī）：同“猗”，叹美之词。

② 牖（yǒu）：窗户。

【301】

邑中杂事诗阮大铖

张名芳

春灯新调按红牙①，十错都由一念差。
江令纵侥②花管秃，肯教狎客③过仙霞④。

作者简介 Zuozhe Jianjie

张名芳，字立三，浦城人。清嘉庆三年（1798）举人。

题 解 TiJie

阮大铖（约1587—1646），明末安庆怀宁（今属安徽）人，字集之。明万历进士。依附奸臣魏忠贤，与东林党人为敌。明朝灭亡后，在福王朱由崧的南明朝廷中任兵部尚书。清顺治三年（1646），投降清军，随清军入闽，死于仙霞岭。一说为清军所杀。

注 释 ZhuShi

① 红牙：泛指檀木所制的乐器。
② 侥（jiǎo）：侥幸。
③ 狎客：陪伴权贵游乐的人，指阮大铖。
④ 仙霞：指仙霞岭。

【302】

邑中杂事诗郑鸿逵

孙承诰

舟师宵遁①已仓皇②，又报封侯气焰张。
几月出关方议定，拥兵何故驻仙阳。

作者简介 Zuozhe Jianjie

孙承诰，字清华，孙振豪孙。

题解 Tijie

郑鸿逵（？—1657），福建南安人，字羽公。民族英雄郑成功叔公。明崇祯武举人，曾任登州副总兵。南明弘光朝建立，加总兵官，弘光政权覆灭后，引师南下，与郑芝龙（郑成功父）拥立唐王于福州，封定国公。清顺治二年（1645）八月，唐王封浦城勤王的郑鸿逵为大元帅，命其出师浙东，抗击清军，郑鸿逵借口等候粮饷，拥兵自重，避敌不前，驻浦城仙阳镇不再前进。顺治三年六月，军中传清兵已到，郑鸿逵捷足先逃。被削爵位。明隆武政权覆亡，与侄郑成功合兵抗清，永历四年（清顺治七年，1650），因军事处置失误，曾拒清诱降，后卒于金门。

注释 ZhuShi

① 宵遁：乘夜逃跑。
② 仓皇：匆促、慌张。

【303】

游梦笔山

钱福胙

地灵钟秀杰，怀古契高深。
真子[①]垂文教，江郎[②]擅赋心。
讲堂尘外筑，彩笔梦中寻。
踏月归何晚，荒城起暮砧[③]。

作者简介 Zuozhe Jianjie

钱福胙，号云岩，清朝人。

题解 TiJie

见杨亿《留别》注释①。

注释 ZhuShi

① 真子：指宋代浦城人真德秀。
② 江郎：指南朝江淹。
③ 砧（zhēn）：砧板、切菜板。

【304】

长驱入书郑为虹事

朱菊龄

长驱入，叱夺民舟悔何及。
芝龙[1]之肉安足啖[2]，纵民出走自甘执。
公为国死心帖帖，公女毋向民间泣。
安有县令女为妾[3]。

作者简介 Zuozhe Jianjie

朱菊龄，字寿罂，朱秉铭女。生活在清嘉庆年间。通书史，工吟咏。著有《荷花吟》。

题解 Tijie

郑为虹（？—1646），字天玉，江都人。明崇祯末进士，曾任浦城知县。明唐王朱聿键道经浦城，知他廉洁，明隆武元年（1645）闰六月，唐王在福州建立反清政权，升郑为虹为御史，浦城百姓要求他留任，有“十不可去”的疏奏呈送唐王。唐王改命郑为虹以御史巡视仙霞关驻浦城，不久又命他巡视上游四府兼领关事。此时，郑芝龙镇守仙霞关。明隆武二年，不听其子成功的劝告，郑芝龙尽撤守关将士，仙霞岭两百里无一人守险。同年六月三日，清兵进军浦城，郑为虹放百姓出走，自己被清兵抓获，与守将黄大鹏、洪祖烈同时被清兵所杀。

注释 ZhuShi

① 芝龙：郑芝龙（？—1661），福建南安人。

② 啖（dàn）：吃或给人吃。

③ 安有县令女为妾：郑为虹死后，其女6岁，藏匿于民间，长大后有人想买她为妾。她恼怒地说：那有县令的女儿为人侍妾的！后嫁到农家，侍奉公公婆婆十分孝顺周到，贤惠的美德远近闻名。

【305】

过仙霞岭

蒋蘅

蜿蜿蛇盘一径环，巍巍虎踞峙[1]雄关。
疆场自古争形胜，帷幄[2]须人济[3]险艰。
海内可堪无俊杰，眼前何限好云山。
僧寮[4]净处聊茶话，暂得劳生片刻闲。

作者简介 Zuozhe Jianjie

蒋蘅，字抽斋，别号云寥，清代福建建瓯人。曾主持浦城南浦书院。著作有《云廖山人诗钞》。

题解 Tijie

见刘克庄《浦城道中》。

注释 Zhushi

① 峙（zhì）：耸立。
② 帷幄（wéi wò）：围在四周的帐幕，多指军帐，商量军事的地方。
③ 济：救助、接济。
④ 僧寮：僧房。

【306】

北东园诗之一

梁章钜

数百年来一石盆①，无端飞入北东园。
从来寿世关文字，安得坡公雪浪痕②。

作者简介 Zuozhe Jianjie

梁章钜（1775—1849），字闳中，一字茝林，晚号退庵，福建长乐人。清嘉庆七年（1802）进士，曾任江苏巡抚。两度在浦城南浦书院任主讲。道光二十二年（1842），告假回乡，又在浦城寓居近5年。一生其著诗文近70种。他在楹联创作、研究方面具有突出贡献，是楹联学的开山之祖。

题解 TiJie

清道光二十二年，梁章钜在浦城寓居期间，在浦城花园弄荒地上建造新宅，称“北东园”，与福州原宅“东园”相遥，故名。

注释 ZhuShi

① 数百年来一石盆：石盆呈长方形，口长132厘米，宽98厘米。底长、宽各比口小20厘米，高70厘米。原三面是浮雕图案，画面内容分别是腾龙藏云、双鹭踏莲、对雀闹梅。空其一面，梁章钜将空的一面雕刻，阴刻隶书35字，纵书7行，每行5字，每字10×10厘米。正面铭字为“此数百年物，曾藏福州梁氏北东园中，他年当入浦城金石志也。

道光乙巳（1845）夏，退庵老人书”。梁章钜北东园原为宋代状元章衡的故居，铭文中“此数百年物”，当为章衡故居的物品。现藏浦城县司法局院内。

② 坡公雪浪痕：坡公，指苏轼，号东坡居士。苏轼于后圃得黑石，白脉，如五代蜀孙位、孙知微所画石间奔流，尽水之变。后又得白石子曲阳，为大盆以盛之，激水其上，因名其室称雪浪斋。

【307】

北东园日记诗之一

梁章钜

屋后青山辟①洞天，闲来选胜续前缘。
仙坑那及②仙楼好，释③我相思五十年。

题 解 TiJie

重阳日，梁章钜与他亲家祝昌泰步游仙楼山，寻找30年前神往的仙人坑等名胜。

注 释 ZhuShi

① 辟：从无到有地开发。
② 那及：哪比得上，那同“哪”。
③ 释：放开、放下。

【308】

北东园日记诗之二

梁章钜

第一名区梦笔山，三年胜地未重攀。
暗中恐惹山灵[①]笑，鸟自高飞云自闲。

题解 TiJie

梦笔山，梁章钜认为是浦城第一旧迹，荒废甚久，屡次商议修建，但总未能进行。梁章钜为此感叹。

注释 ZhuShi

① 山灵：山神。

【309】

英辰和韵

梁英辰

皆山楼上读书堂①，灯火新凉夜未央②。
且听陔③南方视膳，敢耽④酒趣托诗狂。

作者简介 Zuozhe Jianjie

梁英辰，梁章钜儿子。

题解 TiJie

和（hè）韵，旧体诗写作方法之一，指与别人的诗相唱和时，依照其诗所押的韵作诗。此诗是梁章钜子女、儿媳的和诗之一。

注释 ZhuShi

① 皆山楼上读书堂：梁英辰的受业老师是浦城人祖之望，祖之望家有皆山楼。
② 未央：未尽、未已。
③ 陔（gāi）：近台阶的地方。
④ 耽（dān）：沉溺、入迷。

【310】

婉蕙和韵

婉 慧

深闺姑姊[①] 助清忙，剪剪轻痕手法良。
犹胜雕镂茶果巧，家门琐事亦凝祥[②]。

筠如、寿生、婉兰诸姑娣，皆助余剪镂花样。浦城积习，最尚茶泡，雕镂果品，必以精巧相夸，其实徒费工夫，不如此之有裨于惜字也。

作者简介

婉慧，梁章钜儿子梁恭辰之妻。

题 解

浦城有剪纸的习俗，赠送给人食物时，上面都加红纸一张，或方或圆，必嵌空剪雕四字为语，如“长命富贵”“诸事如意”之类。婚娶喜庆时用量尤其多，这些剪纸，随手捡归惜字篓中，以待焚化。梁章钜认为这是作践文字，如果下令不用此剪纸，老百姓肯定难以接受。因此，热爱浦城乡土文化的梁章钜以吉祥之景代吉祥之字，剪作花样 16 种，分赠各家照册剪雕。首先他叫他家女儿、儿媳带头开剪，希望广为传播。梁章钜这一做法，对于推动浦城剪纸艺术发展起到了很大的作用。

注 释 | ZHUSHI

① 姑姊（zǐ）：丈夫的姐妹。

② 凝祥：凝聚吉祥。

【311】

乙巳春自浙还闽，浦城道中绝句

邬维肃

欲雨欲晴天气，半醒半醉行程。
一路许多啼鸟，鹧鸪声逊[1]莺声。

作者简介 Zuozhe Jianjie

邬维肃，字向山，清代人，生卒年不详。

题　解 TiJie

此诗描绘乙巳年的春天，作者由浙江返福建，在浦城道中的景色。

注　释 ZhuShi

① 逊（xùn）：不及、差。

【312】

南浦桥望白云潭

盛复初

江令魂销春水[1]，征人[2]望断白云。
回首一泓[3]新绿，依然草色波纹。

作者简介 Zuozhe Jianjie

盛复初，字子亨，号春谷，清代浙江秀水人。曾任浦城南浦书院主讲。

题解 TiJie

见董其昌《同友人过南浦桥》。

注释 ZhuShi

① 江令魂销春水：江令，指南朝吴兴（今浦城）令江淹。其《别赋》有“春草碧色，春水绿波，送君南浦，伤如之何！”句，故有此句。
② 征人：旧称远行的人。
③ 泓（hóng）：水深而广。

【313】

循吴山行口占

吴 景

迷离[1]茅舍两三家，一片黄花满地斜。
深谷无人云自过，夕阳隐隐见飞鸦。

作者简介 Zuozhe Jianjie

吴景，字星瑞，清代浦城人，生卒年不详。

题 解 TiJie

见徐浦《秋日登吴山》。

注 释 ZhuShi

① 迷离：模糊不清。

【314】

送孙绍圭姊丈还浦城

郑沂若

聚首论文日，词坛奉总持。
西窗灯烬夜①，东阁酒酣②时。
挥洒③千言就④，追随一月宜⑤。
漫云⑥经世业⑦，风雅⑧亦吾师。

作者简介 Zuozhe Jianjie

郑沂若，字子咏，清朝人，生卒年不详。

题解 TiJie

姊丈，指姐夫。此为应酬诗，作者送姐夫孙绍圭回浦城，回忆此前写诗论文的情景。

注释 ZhuShi

① 西窗灯烬夜：烬（jìn），火烧东西的剩余。唐李商隐有言，“何当共剪西窗烛”，秉烛夜读的意思。
② 酣（hān）：酒喝得畅快。
③ 挥洒：洋洋洒洒。盛赞孙诏圭学识渊博，言辞流畅。
④ 就：本义是完成。形容孙诏圭才思敏捷。
⑤ 宜：很适宜，很受用。
⑥ 漫云：无拘无束地读，纵论。
⑦ 经世业：政治业绩。
⑧ 风雅：人们的生活风度和文化修养。

【315】

夜宿渔梁

蔡泽

看山一路到渔梁，客邸[①]寒深月似霜。
独对孤灯愁寂寞，为留梅影护匡床[②]。

作者简介 Zuozhe Jianjie

蔡泽，清朝人。著作有《观光堂游草》。

题解 Tijie

见蔡襄《宿渔梁》。

注释 Zhushi

① 客邸（dǐ）：旅社。
② 匡床：方正而安适的床。

【316】

天伦乐和父诗

梁兰省

人生乐事恋高堂①，长日壶中景未央②。
但惜雁行千里隔，不同绕膝学儿狂。

作者简介 Zuozhe Jianjie

梁兰省，浦城人祝普庆妻，字筠如，梁章钜长女。博览群书，擅长诗词，父女和韵甚多。著有《梦笔山房诗稿》。

题解 TiJie

此诗是作者与其父梁章钜的和诗。天伦，指父子、父女、兄弟姐妹等天然的亲属关系。此诗描述家庭的和谐快乐。

注释 ZhuShi

① 高堂：指父母。
② 长日壶中景未央：一整天都在品茗中度过，不知不觉中已到半夜。

【317】

满江红·赠吴云士都督

高舆

掌握枢机[1]，旂[2]开处，森森[3]剑戟。鼓锐气，扬兵耀武，师中叶吉。铃阁夜深玉露冷，长城新月横空碧。倚匡床，秉烛看《春秋》[4]，金风[5]急。　　蛟门[6]外，小丑窃，招宝下，旌旗列。喜嗣君奋勇，灰飞烟灭。执罪归来早立功，智谋卓越真人杰。看他年，乔梓[7]绘凌烟[8]，勋名接。

作者简介 Zuozhe Jianjie

高舆，清朝人，生卒年不详。

题　解 Tijie

满江红，词牌名，双调93字，有平韵、仄韵两体。

吴云士，指吴郡（？—1715），云士为他的字。祖父名高，明末任京卫指挥使，李自成起义军进京时，其父吴贵及家属7人被杀。吴郡时年8岁，由老仆携带逃来福建，住浦城县前墩黄溪洲（今属永兴镇）。清康熙二十二年（1683）六月从军，随靖海将军进攻澎湖列岛立大功，加左都督衔，实摄山西大同镇标游击、天柱营参将。大将军席某督兵征苗时，命吴郡为前驱，连破数寨，并在接近镇南彝民杂居的地方杀牛宴饮士卒，炫耀兵威，以慑服苗民。吴郡升为黄州协副将，康熙四十七年，晋升为浙江定海镇总兵。康熙四十九年，福建闹饥荒，吴郡租商船与其子吴兴业分途赈灾，不到半个月，就把5万石米运到漳州、泉州。随后署理松江提督，升浙江水师提督。

注 释 ZhuShi

① 枢机：指吴郡掌控军事指挥权。

② 旂（qí）：古时旗帜的一种。

③ 森森：整齐严肃。

④《春秋》：儒家经典之一。

⑤ 金风：秋风。

⑥ 蛟（jiāo）门：山门，一名嘉门山，在镇海县（今属浙江宁波）东海中，距离海岸15里，环锁海口，出此即大海洋。

⑦ 乔梓：父子。

⑧ 凌烟：唐太宗贞观十七年（643），图画开国功臣24人于凌烟阁。后世封建帝王争相效仿，为表彰功臣建高阁，阁中绘制功臣图像。

【318】

飞雪满群山·大雪过仙霞岭

宋俊

一线天开，横分南北，雄关初认仙霞。风翻雁脊，雾凝螺髻[①]，盘空六出飞花。看崎岖千仞，镇乱洒悬崖断沙。倩[②]谁说是，玉龙驾海，向绝顶纷拏[③]。　　渐拄杖穿云，频眺望，棉裘空御，笋笠徒遮。吴山越水，江干何在，问归路，隔天涯。拼[④]摩挲[⑤]短剑，村醪[⑥]熟，红灯影斜。奚[⑦]童恰报，林梢几点啼暮鸦。

作者简介

宋俊，清朝人。

题解

见刘克庄《浦城道中》。

注释

① 螺髻（luó jì）：形似螺壳的发髻，这里指山形像螺髻。

② 倩（qiàn）：请。

③ 拏（ná）：牵引。

④ 拼：舍弃。

⑤ 摩挲（suō）：用手轻轻按着一下一下地移动。

⑥ 醪（láo）：本指汁滓混合的酒，即酒酿，引申为浊酒。

⑦ 奚（xī）：旧时称仆役。

【319】

八声甘州·度仙霞

金烺

望层巅云雾罩重关，仿佛与天齐。正霜凋[①]乌桕，风残绛[②]叶，衣透凉飔[③]。是处崎岖鸟道，曲折蹑[④]丹梯[⑤]。逐队行还倦，方陟[⑥]崔嵬[⑦]。　暂憩[⑧]危亭远眺，星岩碧送，泉壑青飞。叹年来何事，岭上列旌旗。只如今，瑞烟佳气；却依然，草浅鹧鸪啼。低徊久，客怀顿释，遮莫[⑨]忘归。

作者简介

金烺，清朝人，生卒年不详。

题解

八声甘州，词牌名。又名“甘州”“潇潇雨”等。本唐代曲名。此调因上下阕八韵，故名八声。慢词，双调97字，平韵。

注释

① 凋：草木零落、衰落，此处作“使……凋零”解。下文“残”字略同。
② 绛（jiàng）：赤色、深红。

③ 飔（sī）：凉风。

④ 蹑（niè）：踩踏。

⑤ 丹梯：这里是指朱红色的石阶。

⑥ 陟（zhì）：升、登。

⑦ 崔嵬（cuī wéi）：形容高峻的样子。

⑧ 憩（qì）：休息。

⑨ 遮莫：莫要。

【320】

题油果山丹灶

灶为宋周霞炼丹遗迹。

僧道元

紫气[1]腾香界，烧丹鼎尚存。
鸡犬鸣吠处，何日宴曾孙？

作者简介 Zuozhe Jianjie

僧道元，清朝人，生卒年不详，著有《铁客草》。

题解 Tijie

油果山，今名荣华山。在浦城县仙阳镇驻地东南，海拔456米。丹灶，指炼丹药时所使用的灶炉。相传古代山有怪异，开凿时，朝凿暮合，用油果祭祀，才不会复合，因名油果山。民国期间，以方言谐音，雅称荣华山。宋道人周霞炼丹于此，建有冲应真人祠，旁有神景寺（今称仙游寺），有青、白二泉，虎啸岩，五老峰，望城台，炼丹灶，炼丹井等胜迹。

注释 Zhushi

① 紫气：旧指宝物的光气或所谓祥瑞之气。

【321】

题油果山青白二泉

僧道元

溅[1]玉还流乳，无惭[2]青白名。
涓涓长不息，祝尔万年清。

题 解 TiJie

青白二泉，在浦城县油果山（今荣华山），一口泉水呈青色，一口泉水呈白色，至今尚存。

注 释 ZhuShi

① 溅（jiàn）：液体受冲激向四外飞射。
② 惭：羞愧。

【322】

仙林春色

僧道元

人间何地不蓬莱？野鸟山花次第①开。
霞服②云冠③想象处，傒④童忽报早春来。

题解 TiJie

同《题油果山丹灶》。

注释 ZhuShi

① 次第：按顺序。

② 霞服：道家一种贵重服装。做动词用，穿霞服。

③ 云冠：道教的帽子。做动词用，戴云冠。

④ 傒（xī）：同奚，旧时称仆役。

【323】

浦城下水

僧宗渭

隔宵戒语过清晨，细雨枯篷出剑津[①]。
舟子下滩常斗水，估人[②]遇险只呼神。
空门[③]无我[④]休言命，逝者如斯[⑤]任此身。
两岸鸟啼行不得，遍山红染杜鹃新。

作者简介 ZuozheJianjie

僧宗渭，清朝人，生卒年不详。

题 解 TiJie

下水，船顺流下驶。诗描述从浦城沿南浦溪坐船南下的情景。

注 释 ZhuShi

① 剑津：今南平市延平区。
② 估人：商贩。
③ 空门：佛教名词，称佛教为空门。
④ 无我：不存成见。
⑤ 逝者如斯：出自《论语·子罕》："子在川上曰：'逝者如斯夫！'"逝者如斯，比喻过去的时间或事，似逝去的流水一样一去不复返，告诫人们要珍惜时间。

【324】

宿渔梁

张际亮

梨岭秋风急，渔梁木叶飞。
万山残照里，寒色满征衣①。

作者简介 Zuozhe Jianjie

张际亮（1799—1843），字亨甫，号胥夫，福建建宁人。清道光十六年（1836）举人。

题解 Tijie

见蔡襄《宿渔梁》。

注释 Zhushi

① 征衣：远行人的衣服。

【325】

浦城大雪有怀同社诸友

陈国琦

琼瑶① 一夜饰关河②，好景家山③ 更若何？
料得西斋茶具列，梅花树下故人多。

作者简介 Zuozhe Jianjie

陈国琦，字荔屏，福建南平人。清道光十二年（1832）举人。

题解 Tijie

唐代诗人崔涂在《除夜有怀》诗中写道："乱山残雪夜，孤独异乡人。"下雪天，不方便出行，尤其是独处他乡的游人，孤独地待在旅馆中，特别容易引起思念家乡、怀念亲友的情怀。此诗作者也不例外，身在浦城，遥想家乡亲朋好友，落寞之情溢于字里行间。

注释 Zhushi

① 琼瑶（qióng yáo）：美玉，用以比喻雪。
② 关河：泛指关隘山川。
③ 家山：故乡。

【326】

山下风光诗

李　某

上下远眺五缺岭①，虹气上凌箭竹凹②。
往来人度出水亭③，岸隔黄墩钟岭岗④。
水光遥接炉灰圳⑤，栏外平看山下街⑥。
波间流来水源寺⑦，源流山下水尾村⑧。

作者简介

李某，民国间浦城山下黄墩人。

题解

此诗题写在花桥。花桥在浦城县山下乡山下村委会黄墩村外水口。始建于明代，宽约3.7米，长11米，为石单拱桥。清代时加宽1.87米。桥头北侧建庙宇，称花桥庙，庙内供奉五谷、母祖师、顺天圣母等9尊神像，庙宇有三门。民国4年（1915）失火焚毁，民国6年重建。此诗就刻写在此桥桥柱上。1975年，将拱桥加宽，改为公路桥。

注释

① 五缺岭：经花桥庙西门上五缺岭。

② 箭竹凹：海拔1372米，山下村在其山下。花桥庙南门经花桥庙上箭竹凹。

③ 出水亭：在山下村至王口自然村途中。
④ 钟岭岗：在山下村黄墩自然村。
⑤ 炉灰圳：在山下村附近的水渠，供灌溉用。
⑥ 山下街：属山下乡，现为山下乡驻地。
⑦ 水源寺：在山下乡小溪村。
⑧ 水尾村：为山下村的一个自然村。

【327】

泊南岸

陈国屿

水气船窗入，惊寒雁阵分。
疏林村火出，隔岸寺钟闻。
溪浅涵[1]清月，岩幽吐白云。
今朝沙上宿，历乱似鸥[2]群。

作者简介 Zuozhe Jianjie

陈国屿，字雪樵，福建南平人。清道光二十三年（1843）举人。

题解 Tijie

南岸，村名，今属浦城县石陂镇，因在南浦溪下游南岸，因名。

注释 ZhuShi

① 涵：包容、包含。

② 鸥：鸥科动物，形似白鸽或小白鸡，善于游水，喜欢成群飞翔。

【328】

仙阳桥

陈国屿

点点归鸦去，残阳坠岭巅。
路长难计里，树老不知年。
峭壁撑如剑，遥山卧似船。
多时桥上立，暮色杂林烟。

题 解 Tijie

仙阳桥，又名揖仙桥，位于浦城县仙阳镇仙南村，北侧距西山故居200米，面对荣华山，荣华山是道教名山，有站在桥上向仙人作揖之意，因此称此桥为揖仙桥。最后一次修葺为清嘉庆八年（1803）。为石拱廊桥，四墩三孔。东西走向，长49.5米，宽6.73米，高1.7米。桥平面曲尺形，桥面中间由长100厘米、宽50厘米石板铺砌，两边铺砌鹅卵石，南北两侧护以石栏桥，保存较好，今桥上建筑荡然无存。因溪流改道，现已成旱桥。2005年5月，列为福建省文物保护单位。

【329】

二月二日南岸晚泊

余潜士

棹[1] 入清溪白石湾，回峰叠叠类[2] 重关。
扁舟初定黄昏泊，照水新窥[3] 月一弯。

作者简介

余潜士（1784—1851），字时缵，福建永泰人。清道光二十三年（1843）举人。清代福建著名理学家、教育家。

题解

见陈国屿《泊南岸》。

注释

① 棹：划船的一种工具，形状和桨差不多，代指船。
② 类：相似、好像。
③ 窥（kuī）：从小孔、缝隙或隐蔽处看，泛指观看。

【330】

咏巾帽山绝句

季 霖

曲曲蛾眉① 几叠湾，层峦耸翠路回环。
若非牧子来相问，错认桃源在此间。

作者简介 Zuozhe Jianjie

季霖，号雨三，清代浦城人，生卒年不详。

题 解 Tijie

见丹山《和巾帽山居诗，步雨三先生原韵》。

注 释 Zhushi

① 蛾眉：女子长而美的眉毛，这是借指曲曲涧长，如蛾眉一样美丽。

【331】

鹧鸪天·瑞兴晚钟

季霖

何处幽香扑酒樽，瑞兴禅院种兰荪[①]。从前老衲[②]今何在，仅得钟声旦暮存。　归巢鸟，噪黄昏，依稀风景好山村。闲游触目真堪赏，沼[③]内鱼儿逐浪翻。

题解 TiJie

鹧鸪天，词牌名，又名“思佳客”等。双调55字，平韵。瑞兴禅院，在浦城县富岭镇瑞安村村尾度堂下。瑞安，因本村地势低平，有大小湾，雅称瑞安。

注释 ZhuShi

① 兰荪（sūn）：菖蒲的别名。
② 老衲（nà）：衲是僧衣，故称老僧为老衲。
③ 沼（zhǎo）：小池。

【332】

禅寂寺八景转轮藏

杨谦吉

耸植烟霞里，巍然不可援①。
藏中经万卷，轮外佛千尊。
一转乾坤②动，三推日月翻。
老僧时说法，花落胜桃源。

作者简介 Zuozhe Jianjie

杨谦吉，字双溪，清福建浦城人，生卒年不详。

题解 TiJie

禅寂寺，又称轮藏寺，坐落在浦城水北街镇观前村西5华里，民间称作“轮藏寺”，寺有藏经楼一座，建在木质转轮上，因名。转轮上六层书柜呈宝塔形格局，经书13000余卷，寄放的大小佛像无以计数，其中一些佛像，为典型的“摩尼教”造型。1959年由于年久失修，转轮及其上建筑倒塌，现遗迹尚存。

注释 ZhuShi

① 援：攀援，抓住或依附他物而移动。
② 乾坤：代表天地。

【333】

观前风光椽笔凌云

杨谦吉

如椽[①]凌汉[②]外，势欲破天荒[③]。
云起锋涵彩，花生颖带香。
画成真景色，韪[④]出大文章。
不识谁操管，长空万象光。

题 解 | tijie

椽笔凌云，即一笔峰。

注 释 | zhushi

① 椽（chuán）：屋顶结构中设置的檩条的木条，形容笔粗大。
② 汉：天河。指天空。
③ 天荒：天空。
④ 韪（wěi）：是，对。

【334】

浦西黄柏山腾云尖

潘绍祖

云本无心者，蒸来五色祥。
神龙看出没，野马共腾骧①。
霁②色晴岚现，春阴好雨商。
此间资③呵护④，朝暮⑤乐相望。

作者简介 Zuozhe Jianjie

潘绍祖，清朝江西广丰人，生卒年不详。

题解 Tijie

黄柏山，古称黄檗山。在今浦城县仙阳镇柏山村。腾云尖，在浦城县城西北30公里。为仙阳镇百丈村和古楼乡前排村的界山，海拔1470.7米。尖峰矗立，春夏两季，云雾缭绕，故名。腾云尖尖顶岩裸露，中部为荒山，有岩洞，称古佛洞，下部有少量黄山松。山谷两侧为阔叶林，中下部盛产野生黄花菜。

注释 ZhuShi

① 腾骧（xiāng）：飞跃，奔腾。
② 霁（jì）：本指雨止，引申为风雪停、云雾散，天气放晴。
③ 资：供给，帮助。
④ 呵护：呵禁守护。
⑤ 朝暮：朝，早晨；暮，夜晚。指清晨和夜晚。

【335】

浦西黄柏山八景鹅公嘴

潘绍祖

榻罗黄庭①去，笼随一右军②。
只今看独立，终古不成群。
鹤顶还丹忆③，铜铃侧耳闻。
三鸣兴有兆，闲杖夕阳曛④。

题 解 Tijie

鹅公嘴，又名鹅公尖。浦城县城西北17.5公里。为永兴、古楼、仙阳、莲塘四乡镇的界山。与腾云尖相邻，海拔1390米。山顶岩石裸露，形似公鹅头上的肉瘤，方言称为“尖”，故名鹅公尖。

注 释 ZhuShi

① 榻罗黄庭：黄庭，道家称天、地、人为黄庭。在床上修炼就可以捕捉到宇宙间的精华，典自陈抟老祖“榻罗黄庭，袖里乾坤”。
② 右军：东晋名流王羲之，也称王右军。
③ 鹤顶还丹忆：丹顶鹤，亦称仙鹤，鸟纲。头顶皮肤裸露，呈朱红色。这里是将鹅公咀顶头比作丹顶鹤。
④ 曛（xūn）：日没时的余光。

【336】

山路八景诗龙潭钟灵

佚　名

甲鳞修养已多年，闲隐高腾上九天①。
遗却神潭萃②烟雾，涵空犹见水潺湲③。

作者简介 Zuozhe Jianjie

佚名，清朝人。

题　解 Tijie

山路村属浦城县富岭镇。浦城县城东 27 公里，海拔 300 米。因村舍依山建筑，名为山路下，后去“下”字，称山路。

注　释 Zhushi

① 九天：天空，极言其高。
② 萃（cuì）：集聚。
③ 潺湲（chán yuán）：水慢慢流动的样子。

【337】

双田村风光

佚　名

双田清境玉吴关，物外乾坤有许宽。
翠雾合时蒙水佩，碧云开处露山鬟①。
几家礼貌清风里，万户书声慕雨洵②。
见说桃流颠磐③谷，吾将筑完神幽兰。

作者简介 Zuozhe Jianjie

佚名，清朝人。

题　解 TiJie

双田村属浦城县富岭镇。双田村驻地双园，因过去多种桑树，有桑园，因称桑园，后为简笔划称双园，又因与河对岸沙田村合称，各取一字，称双田。

注　释 ZhuShi

① 山鬟（huán）：鬟，古代妇女的形成发髻，这里是形成山的形状。
② 洵（xún）：形容流水的样子。
③ 磐（pán）：纡回层叠的山石。

【338】

观前八景飞瀑溅珠

杜大恒

观前山色势凶嵏①，自小生涯桨一双。
荡桨昨从飞瀑过，时有珠沫溅蓬窗。

作者简介 Zuozhe Jianjie

杜大恒，清朝四川宜宾人，生卒年不详。

题 解 Tijie

飞瀑溅珠，指浦城观前仰狮山下的一个小瀑布，距九石渡钟岩百米处，当地人称“牛嬷拉尿”。

注 释 ZhuShi

① 嵏（zōng）：数峰并峙的山。

【339】

观前八景龟阜眠云

陈鹏元

海滨邹鲁①羡遗风，灵秀山川地脉同。
自得道南开理学②，西山又不愧儒宗③。

作者简介 Zuozhe Jianjie

陈鹏元，字秋溟，清闽县（今福州）人。举人。清道光间（1821—1850）任观前盐官。

题解 Tijie

龟阜指龟山，在浦城县观前村村后。龟山北面紧靠天宫梁，海拔316米，与仰狮山隔溪相对。这两座山坐落在观前村上游，起到“天门”的作用。福建理学开山祖杨时，晚年隐居龟山，号龟山。作者由观前的龟山联想到杨时。

注释 Zhushi

① 海滨邹鲁：孟子生于邹国，孔子生于鲁国，因用“邹鲁”为文教兴盛地方为代称。福建濒临大海，文教发达，称为“海滨邹鲁”。

② 自得道南开理学：是指杨时。杨时（1053—1135），字中立，福建将乐人。官至龙图阁直学士。晚年隐居龟山，学者称龟山先生。先后学于程颢、程颐，南归时，程颢目送之说：“吾道南矣！”后学者奉为“程氏正宗”。

③ 西山又不愧儒宗：指南宋浦城人真德秀，真德秀号西山，是一大儒。

【340】

观前风光牛笛朝闻

李维藩

东郊农事作，野外听驱牛。
荷笠童吹笛，披衣客倚楼。
春晴南陌外，日暖北溪头。
漫说无腔弄，声催绿满畴①。

作者简介 Zuozhe Jianjie

李维藩，字价人，清福建浦城人，生卒年不详。

题解 Tijie

牛笛朝闻，指早上牛徜徉在观前溪的上游，岸上的牧童骑着牛吹笛。此诗描写了一幅怡然自乐的农耕图。

注释 ZhuShi

① 畴（chóu）：田地。

【341】

临江八景诗

佚 名

云埋天福寺[1]，山托瑞丰庵[2]。
水绕隍山寺[3]，烟迷赤目墩[4]。
鹧鸪庵外过，鸡谷坞中啼[5]。
坐观文昌阁，夕照玉皇台[6]。

作者简介 Zuozhe Jianjie

佚名，清朝人。

题 解 TiJie

为浦城县临江镇周围的景色。此诗在清光绪四年（1878）六修镇安桥时悬挂桥上，集中了临江镇主要景点。

注 释 ZhuShi

① 云埋天福寺：天福寺离临江镇驻地5公里，始建于宋。此寺隐藏在山谷中，附近青山林木苍翠，涧泉潺潺，庙前有小溪流经。

② 山托瑞丰庵：瑞丰庵（又名塞头庵），在临江镇寨下村境内，立于一山峰顶上，建于明代。

③ 水绕隍山寺：隍山寺在临江溪上游，距临江镇水西村0.5公里。傍河岸而建，永兴、山下两溪在些汇集，绕寺流过。

④ 烟述赤目墩：赤目墩，今属临江镇七墩村。远眺赤目墩，烟雾弥漫，忽隐忽现。为西汉东越王馀善的旧迹。

⑤ 鹧鸪庵外过，鸡谷坞中啼：鹧鸪庵、鸡谷坞均在临江镇铁炉村。鹧鸪庵深居山凹，鸡谷坞显露山外。

⑥ 坐观文昌阁，夕照玉皇台：文昌阁在临江镇水西村，玉皇台在临江镇水东村河岸旁，隔溪相望。

【342】

碧霞洞小憩

朱 篑

午酒方倦人，林阴结跏坐[1]。
一线清风来，向我衣棱[2]过。
古树撑天高，牵萝[3]作帘幕。
竟日无人行，竹露忽惊落。

作者简介 Zuozhe Jianjie

朱篑（？—1858），字笙楼，福建浦城人。有《笙楼集》。

题 解 Tijie

碧霞洞在浦城县城东仙楼山。小憩，指稍作休息。这是作者在碧霞洞休息时所写的一首诗，因为是午后时分，所以“竟日无人行”。

注 释 Zhushi

① 结跏（jiā）坐：结跏趺坐的简称。佛教修禅者的坐法，即双足交叠而坐。
② 衣棱（léng）：衣服的边角。
③ 牵萝：植物名，即牵牛花与莪蒿。

【343】

傅筑远眺

祖波光

登临何处好，傅筑耸云空。
眼力分疆界①，江山②一望中。

作者简介 Zuozhe Jianjie

祖波光，清代浦城人，生卒年不详。

题解 TiJie

傅筑，即傅筑山，在浦城县城北9公里，浦城仙阳镇太平村与樟溪间，上有寺，山后为白马尖，插空如笔。其下为宋代状元祖秀实的故居。这是作者站立于傅筑山上，四处远望，将所见、所思写入诗中。

注释 ZhuShi

① 疆界：边界，分界线。
② 江山：江河和山岭，指国家的疆土或政权。

【344】

咏莲湖书院八景岸柳啼莺

祖贻缙

春深柳岸行，仰看岸柳绿。
黄鸟时于飞[1]，清声往仍复[2]。

作者简介 Zuozhe Jianjie

祖贻缙，清代浦城人。

题解 Tijie

莲湖书院，为祖厝的书院，在今浦城县仙阳镇殿基村境，现已毁。

注释 Zhushi

① 于飞：比翼而飞。
② 往仍复：消逝后仍旧重复啼鸣。

【345】

浦城纪事

魏 杰

南浦风光好，溪流独向西①。
名园②聊小憩，胜地足幽栖。
楼可登仙号③，山因梦笔题，
徘徊一长啸④，回首白云低。

作者简介 Zuozhe Jianjie

魏杰，字拙夫，清闽县（今福州）人，生卒年不详。著作有《逸园诗钞》。

题 解 TiJie

浦城碧水丹山、风光秀丽，在城区有许多名胜古迹。作者通过“纪事”的形式，赞美了浦城的南浦溪、可园、仙楼山、梦笔山等，表达了作者对浦城山水的喜爱。

注 释 ZhuShi

① 溪流独向西：南浦溪城区段自仙楼山往西流。
② 名园：作者自注，在浦城期间，他曾在祝凤鸣（字秋斋）可园游览。
③ 仙号：指仙楼山。
④ 长啸：高声呼啸以抒发感情。

【346】

过夕阳岭

彭峻

数拥征舆出上方，林峦爽气接苍茫。
雨余南浦生秋水，日近西山半夕阳。
早蓣[①]著[②]牙黄斸[③]出，新橙到手绿槎香。
白云精舍匆匆别，敢许烟霞供客尝。

作者简介 Zuozhe Jianjie

彭峻，清朝人，生卒年不详。

题解 Tijie

见杨亿《留别》注释③。

注释 Zhushi

① 蓣（yù）：即薯蓣，山药。
② 著：附着。
③ 斸（zhú）：大锄。引申为挖。

【347】

双峰即景

佚 名

村名肇[1]锡曰双峰，深厚氏名得古风。
四面青山环绕密，一溪白水奔流通。
牧童叱犊[2]冈陵外，樵子担柴路道中。
似此乡居宜卜筑[3]，绵绵瓜瓞[4]正无穷。

作者简介 ZuozheJianjie

佚名，清朝人。

题 解 TiJie

双峰今属福建浦城水北街镇双墩村。

注 释 ZhuShi

① 肇（zhào）：创建、初始。

② 叱犊（chì dú）：呼喝小牛。

③ 卜筑：择地建屋。

④ 绵绵瓜瓞（dié）：子孙连绵不断，指繁衍昌盛。

【348】

杨梅山八景诗南屏耸翠

李 氏

孤峰卓立①峙南天，俨若②屏风正不偏。
信是神功巧构处，刚方树塞在门前。

作者简介

李氏，清朝人。

题 解

杨梅山为匡山一部分。是浦城县富岭镇双同村的一个自然村。南宋时，理学家詹体仁之子詹端愿（1165—1198），官直集贤院，死后葬高泉里左竹寺前山（今杨梅山一带）。詹端愿之子詹承懋（1191—1270）在此守墓，为在此永远聚族而居，垦田而居。后又念祖父詹体仁墓在建安（今建瓯）党城坂，祖母吴、聂二太夫人墓在建阳南林坂，继祖母沈太夫人墓在建安铜场坂，不便祭拜守望。因此将祖父母墓均迁葬于高泉里高坂（今富岭高坊）之南，祖母吴、聂、沈墓迁到左竹寺前山之南。詹承懋到江苏、浙江游历，访得杨梅佳种，遍山种植，因此称杨梅山。此诗作于清光绪三十三年（1907）。

注 释

① 卓立：直立。
② 俨（yǎn）若：好像。

【349】

赞长滩村胜境

佚　名

屈曲深溪玉带[1]还[2]，锦鳞[3]游翔蒲藻依。
云彩不时[4]深见潭，疑是神龙布雨归。

坐看巍巍高齐山[5]，四时景象有千般。
往来过客欣驻足，看花醉月善跻[6]攀。

溪畔重新嘉庆堂，苍松翠竹自生凉。
风来不觉动天籁，也和钟声韵远扬。

鸡犬相闻数十家，一望田园尽桑麻。
愚耕贤读勤其业，儿童也知学种瓜。

作者简介 Zuozhe Jianjie

佚名，清朝人。

题　解 Tijie

长滩，今属浦城县富岭镇。东溪流经于此，曲折成三湾，形成漫长溪滩而得名长滩。

注 释 ZhuShi

① 玉带：唐、宋官员所用的玉饰腰带，这里将溪流比作玉带。

② 还：回还往复。

③ 锦鳞：指鱼。

④ 不时：没有个准时。

⑤ 高齐山：长滩附近的山。

⑥ 跻（jī）：登、上升。

【350】

圳边六景诗观音尖

沈仕吉

尖号观音[1]万众瞻[2]，文峰独矗紫云间。
坐对村前钟毓[3]厚，春笑冬眠亘古[4]看。

作者简介 Zuozhe Jianjie

沈仕吉，清末民初福建浦城圳边人。

题 解 TiJie

圳边，属浦城县富岭镇。村东与浙江龙泉接壤，东南与松溪毗邻。以村建在水圳边而得名。

注 释 ZhuShi

① 尖号观音：山形似观音而名之。
② 瞻（zhān）：视、望。
③ 钟毓（yù）：钟：凝聚；毓：养育。指美好的环境产生出优秀的人才。
④ 亘（gèn）古：从古代到现在。

【351】

自题西装小照

黄盛鸣

卌[①]载光阴一瞬非，雄心空负旧襟期[②]。
盈腔热血潮同涌，满眼狂飙泪共吹。
天外何人腾羽翩[③]，镜中故我剩须眉。
趋时[④]且学西装束，断发文身[⑤]漫笑痴。

作者简介 Zuozhe Jianjie

黄盛鸣（1866—1910），浦城县西乡（今永兴）前墩人。

题 解 TiJie

黄盛鸣在1906年就剪了辫子，并着西装照相留影。这是作者为自己穿着西装照片所写的诗。

注 释 ZhuShi

① 卌：指四十。
② 襟（jīn）期：抱负、志愿。
③ 翩（piān）：很快地飞，引申为轻快飘忽之称。
④ 趋时：追求情势，向着某方向发展、进行。
⑤ 断发文身：古代吴越一带风俗，这里是指守旧之辈。

【352】

洋塘村龙门瀑布

朱 明

泉流谁识在山清，才到龙门便有声。
三级浪添春雨涨，一帘珠漱晚风鸣。
生来神境何须凿，织任仙机未许成。
游倦匡庐[①]归自悔，此间卧看最移情[②]。

作者简介 Zuozhe Jianjie

朱明（1861—？），字镜吾，又字镜川，号少和。清光绪二十三年（1897）拔贡。

题 解 TiJie

洋塘村，今属福建浦城县永兴镇前墩村。

注 释 ZhuShi

① 匡庐：江西省庐山。
② 移情：变易人的情志。

【353】

洋塘绵山积雪

盛唐

风景绵山谁着先，雪光积照白云边。
崔嵬[1]雄镇前村落，几度寒梅映更妍[2]。

作者简介 Zuozhe Jianjie

盛唐，福建浦城人，生卒年不详。

注 释 ZhuShi

① 崔嵬：形容高峻的样子。
② 妍：美丽。

【354】

咏船山黄碧洋西坑汪氏祠八景双峰插汉

黄汉亭

西坑汪氏祠，景集不可状①。
中有二高峰，竖立森②相向。
极目双峰尖，几疑插天上。

作者简介 Zuozhe Jianjie

黄汉亭（1871—1930），浦城人，著有《长春集》。

题 解 TiJie

黄碧洋，在福建浦城县北，九牧镇境内，海拔 610—660 米间，顶平旷，面积 29 平方公里，故称洋不称山。居民错处共有 36 村，号“三十六洋”。村以姓氏为名，称为汪处、连处、黎处、严处。今九牧镇黄毕、黎处、洋墩村村委会设其上。汪处，今属九牧镇洋墩村。

注 释 ZhuShi

① 状：陈述、描摹。
② 森：森严。

【355】

清湖里朱墩村八景古寨夕阳·寨下村

黄汉亭

千年壁垒怅斜晖，世界沧桑是耶非。
鼓角呜呜听不尽，而令匝[1]地愁云飞。

题 解 TIJIE

寨下村属浦城县临江镇，为寨下村委会驻地。村后山上有个寨头庵（又称瑞丰庵），相传古代是个山寨，因名寨下村。

注 释 ZHUSHI

① 匝（zā）：环绕一周，周遍。

【356】

清湖里朱墩村八景板桥晓霜·板桥村

黄汉亭

哀鸿撩乱雪霜天，来去板桥迹宛然。
奇语延陵贤季子①，无衣待拯②莫高眠。

题 解 TiJie

板桥村，今属临江镇寨下村。

注 释 ZhuShi

① 延陵贤季子：指季札，春秋吴国贤人。多次推让君位，封于延陵（今江苏常州），故称延陵季子，遍交当世士大夫。

② 待拯：等着他人帮助。

【357】

南浦潮歌

吴邦宪

春草碧色，春水绿波，南浦景物，怡静雍和①。
波澜忽起，震荡古今，发聋振聩②，大海潮音。
旧学探讨，新知商酌，如切如磋，以攻以错③。
蓬蓬勃勃，日就月将，文化丕显④，乡里之光。

作者简介 Zuozhe Jianjie

吴邦宪，浦城人，生活在民国年间。

题 解 Tijie

《南浦潮》，浦城学艺研究会发行的刊物。《南浦潮歌》刊登于1927年11月第2期。此为歌词，由张焕奎作曲。

注 释 Zhushi

① 雍（yōng）和：和谐。
② 发聋振聩（kuì）：聩，耳聋。使耳聋的人也能听见。比喻唤醒糊涂的人。
③ 以攻以错：即攻错。错是磨玉石的粗石。攻错，为琢磨的意思，后多比喻借鉴他人长处，改正自己过失。
④ 丕显：大明，大放光彩。

【358】

竹枝词

郑士选

蓬门[1]未识绮罗[2]香，天足[3]徘徊[4]晒谷场。
一套粗衣数补缀[5]，野花碎插不成行。

蓬门未识绮罗香，绿树荫中勤采桑。
白布包头堪作笑，朝朝日日为谁忙。

作者简介 Zuozhe Jianjie

郑士选（1903—1935），字潆南，浦城人。

题解 TiJie

竹枝词，形式都是七言绝句，语言通谷，音调轻快。多咏当地风俗和男女爱情。这首竹枝词描写农家妇的衣着及劳作。

注释 ZhuShi

① 蓬门：用蓬草编成的门户，指贫穷人所住的简陋房子。
② 绮罗：有花纹的丝织品。
③ 天足：旧时好多裹脚，天足指未裹脚的农妇。
④ 徘徊：来回地行走。
⑤ 补缀（zhuì）：缝补。

【359】

南浦八景风池云影

郑士选

半亩方塘一鉴开，桐阴云影共徘徊①。
坐看天际非非想②，池上何年有凤来。

题解

凤池，在今浦城县天心胜果禅寺附近。唐元和（806—820）中，有凤栖于梧桐枝上，因名。明正统九年（1439），知县甘棨建亭池上，后废弃。

注释

① 半亩方塘一鉴开，桐阴云影共徘徊：宋朱熹《观书有感》诗有“半亩方塘一鉴开，天光云影共徘徊”句，此句的意思半亩大的方形池塘像一面镜子一样打开，清澈明净的光、云的影子映射在塘水之中，不停地变动，犹如人在徘徊，闪耀浮动。这首诗借用朱熹句，将凤池比作方塘，因传有凤在这里栖在梧桐树上，乃把“天光”换为“桐阴”。
② 非非想：原指佛经里所说的“非想非非想处”，为无色界第四天，指非一般思维所可了解的境界。后借喻人脱离实际而幻想所不能做到的事情为“想入非非”。

【360】

南浦八景南浦绿波

佚　名

春花春草挹[①]春波，南浦春归客思多。
记得送春兼送汝，留君不住奈春何。

作者简介 Zuozhe Jianjie

佚名，清末人。

题　解 TiJie

南浦绿波，为旧时浦城八景之一。

注　释 ZhuShi

① 挹（yì）：牵引，拉。

【361】

前墩村八景前墩绿竹

黄 麟

绿竹漪猗[1]鹭寄栖，枝头翠黛碧云低。
良禽择木犹如此，双宿双飞学校西。

作者简介 Zuozhe Jianjie

黄麟，浦城人，生卒年不详，生活在民国时期。

题 解 Tijie

前墩村今属永兴镇。村屋建在墩后，数竿绿竹环其前。村前为墩，一水护田绕其后，于是村以前墩为名。

注 释 Zhushi

① 绿竹漪猗（yīyī）：漪，水波动荡的样子。猗：文言助词，用如“兮”。这里是指绿竹林像水波动荡的样子。

【362】

塘岭村八景塘岭村·石门晚眺

刘邦尧

天然门户踞雄关，石磴崔嵬势莫攀。
亭上斜阳留半角，樵夫高唱定军山①。

作者简介

刘邦尧，浦城人，生卒年不详。

题解

塘岭，今属福建浦城永兴镇珠山村。珠山村因其北靠宝珠山而得名。

注释

① 樵夫高唱定军山：定军山，在陕西省勉县西南。东汉建安二十四年（219），刘备大将黄忠斩曹操部将夏侯渊于此，遂占汉中，后诸葛亮死后葬定军山。京剧有《定军山》剧目。这里指樵夫边砍柴火（或挑着柴火）一边唱着《定军山》，体现出劳动的愉快。

【363】

观前风光狮岩宿雾

祝焕波

狮岩善睡不闻声，矧[1]复沉沉宿雾萦。
未识何时才一吼，烟开云散地天清。

作者简介 Zuozhe Jianjie

祝焕波（1868—1936），原名炘焱，字冬孙（一说东孙），号少坤，晚号蹇叟。福建浦城人。民国元年（1912）被选为福建省临时参议会议员，曾任连城县知事。不久辞职回乡，主编《建报》。

题 解 Tijie

狮岩指仰狮山，在浦城县观前村东北方，南浦溪东岸，形似仰头的狮子，因有此名。仰狮山海拔415米，临溪一侧的山坡极为陡峭，几乎为垂直的岩壁。其山经常云雾缭绕。

注 释 Zhushi

① 矧（shěn）：况且。

【364】

棉山瀑布

黄盛英

绵山百丈耸崔巍，瀑布高悬势欲飞。
不识天孙①功几许，织成帘幕掩云扉②。

作者简介 Zuozhe Jianjie

黄盛英（1870—1936），浦城县永兴前墩人，福建法政别科优等毕业。1913 年任县知事。

题解 TiJie

棉山，在浦城县永兴镇驻地东北，连源村东南，在浦城县城西 25 公里。又称绵山，由主峰（海拔 1234.1 米）、棉山（海拔 1169.2 米）和棉山岗（海拔 1044 米）组成，为永兴、莲塘两镇界山。山势绵亘，从永兴镇驻地北望，如九朵芙蓉，山顶有庙，雨季，山水从白水漈下泻，形成瀑布，称为棉山白布。每当山雨欲来时，云雾环绕山腹，浦城有一名民间谚语“绵山戴白帽，东波浪滔天”，说的就是绵山一旦大雾弥漫，大雨就即将来临。

注释 ZhuShi

① 天孙：星宿名，指织女星。民间神话中织女为天帝之孙，故名天孙。
② 扉：门扇。

【365】

高路四景船山遗踪

季仲廉

载将玉女[①]出天河[②]，未入蓬莱不复过。
想到方舟[③]曾借问，缘因海水若无多。

作者简介 Zuozhe Jianjie

季仲廉，清浦城人，生卒年不详。

题解 Tijie

高路，今在浦城县管厝乡高源村委会，为村委会驻地。以前，此村房屋连在山坡上，村中道路都用石砌成，直通忠信上同的大路，故名高路。

船山，在忠信上同村及管厝乡岩步、流源村交界处，发端于白岭山，海拔970.5米，势高平如船，因名。前为玉女峰，旁为玉归峰，其下为宋理学家杨与立故居。顶上有池，清澈照人，还有跑马岗，山有庙，供奉太保佛。

注释 Zhushi

① 玉女：仙女，太华神女。
② 天河：即银河。
③ 方舟：两船相拼接。

后 记

编辑出版《浦城诗词读本》，是配合浦城县开展创建“中华诗词之乡”活动的需要，更是推介浦城优秀经典文化的需要。当接受此项工作任务后，我们感到肩上的责任很重、压力很大。因为，要从卷帙浩繁的浦城历代诗词作品中精选出365首，同时，还要对每一首诗词进行作者简介、题解、注释，实为不易之事。

因此，作为从事多年文化工作的浦城人，我们怀着一颗敬畏之心、一片敬业之情，满腔热情地投入其中。从每一首诗词的遴选到每一则作者简介的敲定，从每一道题解的斟酌到每一个注释的考量，我们都查阅了大量的历史资料、参考了不同的工具书。有时，为了一则小史料的定稿，我们几经考证、几度商榷，并四处求教。有时，在工作之余，突然想起一个小问题，我们也会立即电话探讨或相约见面翻书查证。面对工作重任，我们不敢有丝毫懈怠，不敢心存侥幸，为了就是对浦城文化负责、对读者负责。

编纂《浦城诗词读本》是一项专业性很强且劳心劳力的文化工程，加之时间紧、任务重、要求高，尽管我们始终本着审慎的求学心理、严谨的治学态度、尽心尽力的职业道德，认认真真选取、扎扎实实编辑、加班加点工作，但是，一方面鉴于水平所限，对原诗词的理解不一定很透彻，对有些历史人物和历史事件研究不一定很到位，另一方面由于诗词这种体裁，篇幅精短、内涵丰富，往往是仁者见仁、智者见智，我们所表述的也仅仅是一家之言、一己之说。所以，不足之处不妥之处在所难免。恳请专家学者及广大读者批评指正。

本书承蒙徐德明先生、谢荣华先生认真校对，特此致谢。

编　　者

2017 年 10 月